這邊不好玩就到那邊去玩

陳薇真 著

目錄

（它序1）

（它序2）

兩人三腳或那樣非常巴黎的三角關係第一個讓我聯想到的電影是「Les Chansons d'amour 巴黎小情歌」，彷彿那樣開放式的關係在法國才能符合世人的邏輯，而現實中的我們如果遇到另一半私自展開了另一段愛情總是會譜成一首壞掉的戀曲，這邊不好玩就到那邊去玩，讀完了它不僅揣想天底下到底有誰能夠接受第三者的存在呢？然而又有誰能全然的愛一個人專心不二直到永遠，至死不渝的愛情衷心不二的兩情相悅白頭偕老永浴愛河又夫復何求？而肉體的出軌與精神的出牆又有何不同呢？我想男人與女人最大的不同就在於男人總是能將肉體與靈魂徹底分離，而女人總是會陷入愛的狂戀與膠著，這本書徹底顛覆了我狹隘的想像，小三和正宮徹底變成能一起逛街吃飯喝下午茶的朋友？ David, David how captivating you are, and what kind of monster king you are, 在台灣，我想七成以上的男人都會礙於社會給予的枷鎖選擇和傳統的女性結婚生子，儘管不正常才正常，還是必須壓抑自己內心潛在與眾不同的慾望，好讓他們看起來比較政治正確。然而對我而言，勇於追求自己內心最真實的渴望才是最幸福的事情， 這裏乏味的生活早已乾涸也已彈性疲乏百無聊賴，這邊不好玩就到那邊去玩，此生哪來的那麼多的一生一世呢？大多數的相遇也都只是萍水相逢，反正也早就習慣那樣的生活了

「自從和 David 做愛以後，每又多做了一次，身上的某個部份又會脫落一點，織整個人已經快要完全消失。」

因為我知道我愛你，只有你能救我而已，儘管你愛的只有我的身體，我也願意奉獻我的靈魂飛蛾撲火，赴湯蹈火的自己又還有什麼可以給你，只好像火焰用力燃燒自己，儘管我可能只是輕吹即滅渺小的蠟燭，此刻我明白有人深愛著我，那感覺就會全然不同，親愛的 David, 希望你不要殘忍的將織消耗殆盡，她也只不過是非常需要愛的弱小動物而已，我們都是渴望被愛的人，儘管現實總是將我們淪落為動物們。

/ cch 張承喜

(Ig: kiwebabychang)

獻給 GIVENCHY

配偶欄的幸福

(01)

晚上六點下班，板南線上車潮絡繹。在公司廁所換下低跟平底鞋和套裝衫裙，換上中跟高跟鞋和寶石藍連身洋裝，短得差點讓半個屁股露出，開敞的V領胸口——他應該會喜歡吧，nubra 應該有調好。如果約到有戀母情結的，應該會愛不釋手。

織搭電梯從公司走出，補著日系唇膏和淡妝，想著等下應對的場面。

織，二十四歲，現住台北內湖。二年半前，被大學交往的男朋友甩了，憂鬱了半年。決定再這樣不行，到林森酒店當小姐存錢，做好了果凍矽膠胸部、全身除毛、臉部削骨和淨膚雷射，最後只剩預計明年夏天的變性手術。前輩姊妹百合姐勸戒，回來後就不要做酒店了，找個正常的上班——沉淪酒店的姊妹下場她見多了，那裡遇不到什麼正常好男人的。

想著百合姐叨叨不絕的耳提面命覺得煩，但織對自己下決心，絕對不再當那個被分手後就永遠蹲在原地哭、無力自己站起來的那個小女孩了。織對著電梯裡的鏡子，練習職業的微笑。

步行走到離公司稍遠的十字路口，手機時間顯示約定剛好，一輛大型黑色廂型車駛停在織面前。男人常會租車抬舉自己身價，別中他的計了，織心裡想。車窗搖下，左駕駛座的男子戴著大墨鏡，簡約兩字示意「上來吧。」

大墨鏡和鴨舌帽遮了大半臉，但應該和照片上的差距不大，目測是三十五歲餘。更引起織好奇，David 不若以往約過的男人，既不會淘淘不絕開話地掩飾尷尬，也不是低聲不語掩飾焦慮緊張，更不是大大虛誇自己長處和長度——他只是淡定地駛著方向盤，眼神若有似無望著遠方，儘管忠孝東路看不到地平線。

哦，他是個五天前織在交友軟體遇到的陌生男人，David 是他軟體上的匿稱。哦 David，楊乃文前男友曾經寫過的一首歌，多麼俗爛的名字，竟然還有人在 app 用這麼俗的名字，什麼時代了。

五天，不多不少，太快會無法過慮掉劣質男人，又千萬不可太像在約會。織早已下定決心，她要和無數陌生男人上床，解放麻木軀殼、僅剩唯一尊嚴的身體。絕對不再和任何男人談感情，把自己的心交出去。

織看著 David 用單手推開大衛白色菸盒，在紅燈前點起菸，菸在車廂裡緩緩裊繞。織差點笑出來但有忍住。他隨口問：「大直薇閣？」很好，很上道的樣子，好似他也認可我是個上道的婊子，吃飯看電影夜景那種小女孩的事不必了。

轎車駛進賓館路口，David 問起今晚副坐女主人，「三小時」？織平常只跟網友速戰速決的，但看在今天這位陌生男人提供的規格還不錯，很有女王尊重待遇。織微微點頭，稍微破了自己戒律，偶一順從了對方。

車廂熄火，拔了鑰匙和控制器，老練的開了旅館感應卡。這男人應該常來這種地方。後腳一踏進門，門甫閉上，織把男人推向巨大的雙人床上。David 跌落但似不感到意外。織甩掉一隻高跟鞋，跨坐在男子身上撫吻男子腮脥，一手抓著男子的手往織自己胸口放，在他耳邊微酣：「你先去洗。」

玻璃淋浴間水聲傳來，織稍微緩和情緒，整理衣角（雖然等下又要脫掉）。David 把手機錢包帶進去了，真的很老練。織放鬆呼吸，想著等下如何。

織裹著賓館白色浴袍走出，男人已經躺在床的正中央。織眼神迷濛，驅身解開男人的浴袍，勃起的陰莖露出，織跪坐在男人兩膝之間，前後吞吐著發出口水聲，一手愛撫男人略有胸毛的平坦胸口。主導韻律，讓男人忙著沒時機說話——不會聽到說我愛妳，也不會聽到我不愛妳。男人配合地伸展身軀，隨著由織控制的節奏緩緩吐息，愈來愈重，直到反攻將織按著平躺。織一面演著不知如何是好地樣子，一面看著賓館天花板的水晶吊燈，吃吃地笑了起來。

男女熟練一陣身體交纏，客套地行禮如儀。清洗著衣後，又回到不發一語。剛才彼此的喘息聲已如上個世紀的外星球遙遠。這就是織不斷更換男人所要的效果。

男子駛車載織離開，櫃台歸還 David 的身份證件。織偶然盯著，想起曾經好近好近、現今早已很遙遠的往事……David 該不會、配偶欄不是空白吧？閃過一個念頭。

沒關係吧，反正又不會再見面了。為什麼要在意這種事呢？

(02)

平日午后，織正坐在東區大樓辦公室。事務稍歇，織又下意識地開始滑起手機。

距離上次約過了一個禮拜，和不認識的陌生男人做愛所給予的能量已經耗盡，織又被煩悶弄得心煩。織趁空檔滑開 app，物色下一個對象時，Line 訊息忽然閃入，

「請問今晚方便約妳出來嗎？」

織緊張地跳了起來，還好並沒有真的在坐位上跳起引起辦公室側目。是 David，才上次睡過的人，難道他特別眷戀我的身體、想約回頭炮？可是想不起來上一次的經驗有讓男孩子特別印象深刻的地方，織試著用男孩子的角度想著。

都忘了，比這更嚴重的問題。臨時被約，織並沒有準備戰鬥服——不是只是床上，而是像是生活之間的切換和武裝。今天的織沒有完成切換自己的儀式，像赤裸地在別人面前，氣勢不足、容易出差錯。

奇怪了，約像我們這種人的男孩子，不是都只會和我們在暗暗的房間裡見面嗎？織又想起百合姐嘮嘮叨叨的碎念，男人啊，因為顏面壓力，根本不敢帶我們走出門。姊妹們，和這種男人上床可以，千萬不要對這種男人暈船，不然倒楣吃虧的可會是自己。當時織沒放在心上，結果跌了個狗吃屎。結果今天，忽然約到一個才約過一次砲的人、就忽然要約她出來？

罷了罷了。織嘴裡說著麻煩，心裡跳過了是否接受赴約的問題，已經在下班的公司樓下等待男仕接送。男人搖下車窗，

「今晚去吃飯？」

David 沒戴鴨舌帽，和上次見面一樣，卻有稍微輕鬆的感覺，身上衣服也沒過於名貴，穿著休閒 POLO。織穿著上班的淺色卡其褲坐上副坐，車沒轉多久，已經停在一家中等價位的西餐店。

David 領著入坐，有組數不少的下班人潮和家庭用

餐，稍微但又不過於喧囂，有完整上菜流程，但又不是過於高級、需要穿小禮服才能來的地方。織一臉狐疑地看著男人想幹什麼，David 卻一臉輕鬆但又不開話題地切著牛排，像高階主管在回味大學時期騎機車戴女友吃夜市牛排那樣的氛圍。咦？

吃完主餐，等待甜點送上的空檔，織直接單刀丟球：「你不怕約像我們這樣的人出來，被外面的人看？」

「是個男人又在床上吃過妳們了，為什麼要怕這種事？」David 想也沒想。

織還是猜不透，又被男人接著戴去電影院。沒問織同意，男人替女人選了電影，入廳走進是歐洲文藝片。在中型影庭的紅地毯，織和男人一起坐在前方，前方被諾大的螢幕和音響包圍，開場是歐洲的流水，畫面和聲音讓織暫時忘記。還好是電影院，就不用想著要講什麼話。

已經記不得劇情，只記得沉浸在感受裡的織一面偷看坐在左側男人的側臉，一邊想著，自己已經十幾次約砲的身體熟練，卻完全不知道要怎麼和男孩子約會。怎麼在外面地方，展現女子的優雅和體貼，回應男孩子的邀請，並正確的表露每個當下的想法和感受？

啊，說話還是太難了，還是身體簡單。織投降，電影散幕，和 David 走出院外，已是完全漆黑晚上十點，路邊樹上的葉子被吹落。

「看夜景不？」David 拿出下一個口袋好的行程。

「那個 ... 今晚最後有要去賓館嗎？」織猜不透男人的詭計，只好直接問出。

「今晚可以純粹約會嗎？晚上一定會好好戴妳回家。」男人直說安排，織鬆了一口氣。

「好吧。那可以不用夜景嗎？頭有點暈，想在這裡走走、吹風就好。」

織和男人並肩走在南京東路的晚風上，楔型鞋和皮鞋的聲音輪流響著，沿著寬敞的街區一路走了二十幾分鐘，乂近似遠，對織卻像永恆那般漫長。織緊張著，第一次在外面和男人走著時又怕被路人看，瞻前顧後，又不敢去想萬一被路邊的人投以奇怪眼神時，旁邊男人的想法。

焦急緊張地走了一大段，最後停在大型公園的長椅上。幾分鐘後，織才把剛才的過度緊張驅走緩和。遠方零星路人等待紅綠燈，與織有一段距離，加上夜燈幕色覆蓋，讓織稍微放鬆。

「好點了嗎？」David 問。

「嗯。」織回答時才又想起，他為什麼會知道？

「唉你們呀。」David 拿起菸，但看到前方推著車的回收老人而作罷。

「怎麼了？」織狐疑。

「約了幾次像你們這樣的人以後，慢慢浮現一些想法。」David 抬頭吸氣，像在取代吸菸似的。「即使是不會再見面的砲友也好，有時帶點吃的或東西給你們，透透氣，做點上床以外別的事。」

「像你們這樣的人，幾乎一輩子不曾被別人好好對待過。」

織隔天下午在辦公室，仍在想著昨晚男人那句話的意思，在茶水間倒咖啡時不小心發起了呆。走回坐位，手機鈴聲作響，織急忙地擺放杯子接起，暫時收起剛才沒有答案的困惑。手機傳來的擴音響起：

「我是 David 的老婆，我知道你公司在哪。等下可以見個面嗎？我在你公司樓下。」

(03)

還沒等織回答，對方就切斷通話。織花了幾秒釐清現在情況。昨天約過一次砲的男人莫名奇妙和我約會，然後今天他老婆找上門。

這是什麼情況呢？是有聽說過姊妹遇到和男人原配對峙的場面。百合姐說，像我們這種人很容易一天到晚不知情當人家小三，因為男人始終把我們當作女人的次級品、替代品。記得百合姐聊到，有次別人家老婆找上門來，結果百合姐趁對方還沒開口，劈頭就把對方數落個頭破血流，對方落荒而逃。

織看著時間，下午三點半，百合姐還在睡覺，傍晚才會咔啦 OK 準備開店，沒辦法找百合姐緊急求救。織作罷，只好硬著頭皮。

五點半下班，和對方約在附近的星巴克碰面。怕被同事撞見，織約在離公司稍遠的另外一間，先行佔位的織目光環顧四周沒有認識的人在場。畢竟等下場面無法預測，沒人料到會不會忽然拍桌大罵八點檔場面，讓公司的人笑話，被迫離職。

David 老婆帶著似沒火氣也沒善意的臉，定定入坐織的對面。織看著對面坐的約莫 160 公分出頭的女人，手臂蝴蝶袖、臉頰圓潤，穿著連身裙和大花涼鞋。啊，有家庭主婦散發出的氣息，是織一輩子也無法擁有的東西。雖然看不到，織可以想見對方裙擺下面是真正的女人陰部，有真正的月經，是那個東西把世界上的他們和我們隔開，讓我們這種人即使用盡一輩子努力，終究是次級的偽造。

「像你們這種人，到底為什麼要整天勾引我老公？」David 老婆對著織的臉，桌上開水水杯動也沒動一下。雖然知道等下會是大場面，織還是點了一杯摩卡暖身。

「我可是貨真假實的女人哪，怎麼會輸給你們這些假貨？」David 老婆用不大不小的聲音說著。

「難道是因為那個你們有、但我沒有的那個東西？所以你會用你的那個，肛我老公？」

「... 都是你老公上我，不是我上他。」原本不知怎麼回嘴只好默不作聲的織只有這句可以回。David 沒提出這種要求，而且若有炮友提出要求織當插入，都被織回拒了，除了夠帥。

David 老婆被這一激，氣得無法說話。順勢一轉，人妻強拉著織離開星巴克（還好織有先付帳），跳上計程車，在附近一家熱炒店忽然下車。

咦？

人妻沒有回應，硬抓著織的手進店。店員好像有見過 David 老婆，在她熟悉的圓桌老坐位坐了下，隨即點滿了六盤菜。酒促小姐一上班，人妻馬上高聲舉手，店裡所有客人都轉頭看她。人妻點了一手 18 度台啤，抓著酒促妹一臉驚慌的手臂，像在裝瘋賣傻似的。

織不知現在怎麼回事，只好拆開筷子開始清盤。酒促過來幫忙倒滿了酒杯，添加冰塊。在一陣胡言亂語杯盤狼籍後，人妻一個人就海派喝掉了三瓶，開到第四瓶時已經有點無法言語。

留下幾道菜沒吃完，人妻起身結帳後，又拉著轉到附近交界的錢櫃 KTV。領班帶著兩人到小間包廂，一入進人妻馬上對著點唱機，點滿了整排梁靜茹、楊丞琳、SHE 歌單開始拿著麥克風……稱不上是鬼吼鬼叫但也相距不遠。織只能一臉尷尬陪笑在旁邊拍手。人妻又向服務生點滿了各種調酒。

一個小時後，人妻又拉著織跳上計程車，在中山北路一家PUB落點。人妻已經走路搖搖晃晃，推開玻璃門，坐在吧台又開始點滿各式調酒，對著酒保開始「就是這種人又搶我老公啦」大鬧大喊。酒保對這場面好像很淡定，應該也是熟客吧。織只好陪著人妻一杯又一杯地喝光所有，四十分鐘後，人妻終於不支倒桌，趴在桌上發出穩定的鼾聲。

織打開看了一下David老婆的貴婦包，還好錢包留有幾張現金，不然領下個月薪水前織要吃土了。織連忙向酒吧道歉結帳，一面拖著David老婆酒醉的身子離開。剛才打給David手機打不通，但在包包裡看到一張寫著地址的小卡片。這是安排好預謀的嗎？

「到XX大廈～～」被拖進最後一輛計程車的人妻忽然還能向司機喊，又繼續不醒人事了。

織費盡力氣，經過管理員的狐疑放行，和尋找大樓門卡鑰匙對抗，終於把David老婆拖進一個看起來像他們住家的地方。裡面寬敞慘白卻沒什麼傢俱，一進門就看到雙人大床的主臥房。

織把人妻放到床上，鞋子小心地脫掉，蓋上棉被。還好沒有連著剛才熱炒和黃湯一股腦嘔吐到織身上。織關上燈，確認人妻的呼吸勻稱安好後，不出聲地準備悄悄離開。明早還要上班，想到這點織就隱隱頭痛起來。

「不准走，你給我過來～～」

酒醉的人妻不知何故忽然喊著。織像被抓到的孩子，只好勉為其難，回來只好把人妻安撫入睡才能離開。織走近床，被 David 老婆一手抓著，一同拖進棉被裡。蛤？只見人妻捲曲，面向抓著織的衣領，嘴裡隱約喊著老公名字又繼續入睡。

織已經不知道怎麼辦才好。重新想著今天一連串發生的事，回過神時，發現自己左手臂已經被壓在人妻枕著的頭底下。為什麼約砲約到要當別人老婆的體貼手枕？

罷了，像個孩子一樣。明明這麼大張的床，卻像沒安全感似地兩人縮在一角。織看著眼前這個第一次見面女人的睡臉，想起自己確實也不曾和女生這種生物在同張床上睡覺。織想起以前，高二時她剛開始穿女制服上課，老師教官默許，男女同學也像往常一樣和她打招呼。只是從某個時間點開始，織就不曾和班上的誰有招乎以外的深入互動。

織停止過去記憶，閉上眼睛，陪著人妻在自己胸前的呼吸安穩入睡。

(04)

一進賓館，織又被拋到床上。自從第一次被什麼人推在床上、望向天花板，織就喜歡這種感覺——啊，原來是這種感覺啊，一點空間感暈眩又一切變得很透明。性是一種你永遠看別人演的、和當你自己投入之中是完全不一樣的。

胡亂想著很久以前的事，偌大的男性身軀覆蓋在織的懷中。織的長髮散亂在床上，以雙手環抱男人後腦、正眼直視接納男人的懷抱。

正當織心不在焉，男人掀起織的上衣，忍不防地以溫熱的舌頭吸允織的乳頭，「啊」織忍不住叫了一下。男人一面輪流進攻織的乳尖，一隻手緩慢地游移於織的乳房下緣、手臂內側和小腹之間。懲罰織的心不在焉，織的心思空白，沉浸在浮現的快感中。

忍到受不了又總是在被下探前愕然中止的織，反過推開男人，作勢讓男人在稍硬的床上站姿，織跪姿地對著男人的胯下緩緩吞吐，一面按壓男人豆粒般的乳頭。翻開的龜頭在織的嘴中前後，想起正在替男人口交的自己和男人肌肉傳來的抖動，織感到隨著口交的韻律自己身體的燥熱逐漸被喚起，白色底妝下的肌膚透紅，髮尾散亂黏在微微滲汗的額頭。由織主導的集中刺激從下體擴散到男人全身，男人不自覺以相同節奏回應正在一邊口交的織的圓潤乳房，織的悶哼聲逐漸加大。

男人推開織，織正在從口交後調整呼吸，被男人推倒，將織的雙腳抬至男人肩膀，雙膝之間是炙熱的正要挺入。忍著被稍微撐開擴約肌的疼痛，織正一面從暈眩中回復清醒，一面接受由男人主導的抽送。織將視線撇開頭，不想和男人眼神靠得太近。支手遮住嘴，遮蓋自己的歉意。自己的身體終究不是真正的女人。

在抽送的搖晃中織清醒了，反推男人臥床，自身跨坐在男人身上。調整進入角度，上下起伏，一手壓著自己乳房，一手抓著男人的手撫摸自己在男人仰俯前展露腰身的胴體。織閉起眼睛，稍早的清醒已又切換到無法思緒的暈眩。

男人閉眼享受眼前景像，兩人逐漸快達高點前，將織壓身推倒，讓織雙手肘支撐身體呈趴式，接受男人從後而來的施禮。男人看穿心思，客套抓住織的反手，讓織更加興奮，呻吟聲徹響房間。

一面猛烈抽送，男人微露青筋的右手伸向前刺激織半充血的陰部，David 知道，唯有在這時候，才能稍微抵消像織這類人對自己陰部被觸摸時的抗拒感，只能在半醒半暈之間才能勉為接受。隨著抽送、隨著男人從後方套弄的陰部、和想像中正在被上著的自己，由男人掌控的快感中迎來織的高潮。

到達後伏趴前身的陰部滴下幾滴液體，織知道自己的身體始終無法像女人一樣持續高潮，在稍微的顫抖和喘氣中，男人忽然將由他生活累積無法言語的話語，化作對織臀部的猛烈拍打。織無言語地接受，男人一面同時用粗糙手繭撫摸織的背部，沿續高潮後的餘韻，最後將織翻回仰俯，抬高雙腳，以男人漲紅的大腿肌迅速抽送迎來屬於男方的高潮，灑落在織微微脂肪的小腹上。

David 一面遞房間面紙盒讓女方擦拭，一面絲綢質感的賓館棉被覆蓋在織的身上……

織在住所公寓擺著買回來的蛋糕，等待男孩回家。傍晚黃昏，男孩轉開鑰匙，映入眼簾的不是雀躍，而是一臉歉意。「對不起，那個……」男孩的嘴剛張開

織的眼皮忽然張開，被做著的夢驚醒。

原來是夢，但已經好久好久、沒再夢到那一天了。

織回過神，剛才正在賓館和 David 做愛，竟然不小心睡著了。還好枕頭邊沒流口水，也沒哭出來，不然在炮友前被看到真是太丟臉了。

隨著織的目光尋視，棉被只留著 David 稍微躺過的一點點形狀，正坐在床邊梳妝鏡的椅子上，點著大白衛，像在等待織醒來。「賓館可以抽菸哦？」織從做愛後乾沽的喉嚨發出聲音。「老顧客了，VIP 房特例的。」David 一面回答問題，一面將未完全燒完的菸在灰缸按熄，起身從房裡小冰箱拿出杯水。兩個杯子放在桌上，一杯緩緩倒入威士忌液體，放入冰塊，一杯擰開氣泡礦泉水，「要喝哪個？」David 問。

織一面從性愛後的身體和驚夢中回復，抓著棉被不太好意思地接起水杯，沁了一口濕潤喉嚨後，將杯子外的凝結水珠按在額頭，試圖讓自己清醒一點。「房間已經延到中午了，妳醒來後要提早離開或白天再離開都可以。」織點點頭，又讓炮友破費了不太好意思。

「妳和我老婆見過面了？」

「你怎麼知道了？你老婆有和你說？」織尚未回神，又被這一句問題丟醒。

搖搖頭。「不需要說也沒必要主動問，一種感覺，自然就會知道了。」David 說，一邊再點燃今晚不知第幾根菸。「還是告訴妳一點好了。」等待織逐漸回復，David 用極緩慢的方式說，像眯眼地想起很久以前的事。

「我大三的時候，雅惠才剛大一入學，是同一個系上。學長都要辦營新營隊——妳知道的，每年最好的女新生在這時都會馬上被一群學長分搶走，在大一上學期前就大勢底定了。一群男人就是這樣無聊的生物。那屆大一，也許不是顏值最高，但適中的身高、適中的體重和 T 恤下無法遮蓋的胸部，最吸引我們一群學長注意。最吸引的或許不是身材，而是她顯露出的個性，單純傻氣。是我們這種老了的男人們所沒有的東西。」才大三說自己老人？

「那時男生間開玩笑，唉 David 你先去把她吧？你沒把到再換我們哥們輪流試。男人間起哄般。結果還真的成真了——我開著賓士使詐讓她抽鑰匙——從此，就變成現在這樣了。」織無聲地聽著那個男孩與女孩、完全不屬於她的別人故事。

「就這樣，雅惠大一耶誕節時就和我交往了。大二開始，索性就直接搬到我的校外租舍，同居生活。」

「從此，雅惠就再也沒有和班上任何女同學往來了。也許是女人之間的傳聞風評。她也沒有任何其它的同學、朋友往來。整天生活就是在我的宿舍做愛、洗澡、買飯，連課業都是虛應應付。一般人不是大三就會考研、考公職，多少開始準備嗎？但她沒有。自從和我交往後，她完全以我為生活中心。我把她拐到床上，像是把她的整個大學生活硬生剝奪一樣。」織感意外，從來不說話的炮友竟然一次對她說這麼多話，而且還不是關於自己的事。

「結果，她成為我的公主，我卻像把她關在富麗堂皇的城堡裡一樣。」David 嘆了口氣，熟稔地按熄數不清第幾隻的菸。

「噗」織忍不住笑出來，「什麼嘛，好像《NANA》

裡的 Takumi 對蕾拉的台詞一樣。」

David 斜視一眼，跳到床上，又再欺負了織一遍。

(05)

織的左右手正在掛著七、八個百貨公司紙袋，暈頭轉向。

週日下午，京華城人潮稀落，織正又被人妻雅惠拖著在一間一間服飾專櫃閒逛。從那之後，大約每隔十天，人妻就會用百般無聊的口吻，打來要織陪她出來逛街。

人妻似乎喜歡人潮不多的地方，一面精算著什麼似地，走進一家店裡就拿起各種衣架，不斷在織身上比劃。織就在數不清的店裡來來回回，被人妻這樣拖著。

貴婦雅惠似乎並不是真的在買衣服，只是打發無聊又像玩耍似地，把各種衣服在織身上試來試去。「嗯，這件不錯。」人妻似乎是在把沒辦法穿在她身上、但好看的衣服，一件件試在織身上。畢竟我們這種人幾乎是比原女高上一個頭。

和其它姊妹比，織已經是幸運了，只比 170 公分高出一咪咪。和原女走在一起時，對於旁邊的人總是平均矮自己一個頭，織已經說服自己習慣了，說服自己並不會因為這樣就和世界上大多數的女人不分屬在同一個類別。

市面上大多衣服在她身上，長度蓋到大腿的會只蓋得住屁股、七分袖會變成三分袖。但也有些衣服，不是穿在矮個子才好看。結果就變這樣——織是適合需要一點肩寬和身型比、銳利剪裁的衣服。人妻已經替織配了好幾套全身衣服，用老公 David 的信用卡副卡刷卡，整天下來只買兩、三件人妻自己的聊表心意。

織不知道自己為什麼要對貴婦的使喚言聽計從，像個無口的洋娃娃一樣被玩著紙娃娃遊戲，捨命陪貴婦。只是也沒有拒絕——並不討厭，反正是用別人老公的錢在替自己買衣服。只是織有點羨慕，可以這樣任性地使喚別人、全世界都要陪著她的任性繞著轉卻從來不會意識到自己這樣有怎樣的這種女生。織也許是一輩子也做不到這樣。

織跟著貴婦在百貨裡的下午茶休息。放下拎著的一堆紙袋，眼前貴婦正在享用著大盤水果冰淇淋和她的優閒時光。織重整自己狼狽，只點了一杯熱咖啡，盯著眼前這個自己完全不了解的陌生女性。

「……唉，」織小心翼翼怕惹生氣地問起，但還是想問，太好奇了。

「妳難道不介意，……我在和你老公睡覺？」

人妻眼睛睜大，但不是生氣、反倒有點笑翻好笑，原來眼前這個小三也有勇氣直接問出口。「不會啊，沒什麼不好。至少老公最近沒有再去翻交友軟體、找亂七八糟來路不明的人上床了。」貴婦雅惠一面轉著湯匙低吟。為什麼夫妻之間總是會知道對方所有事情呢？這就是所謂夫妻嗎？

「而且，」雅惠忽然正眼盯著織的臉蛋瞧，像正盯著、又像穿越到後面遠方似的。「你好像有著別人所沒有的東西。不是指你的身份，是你本身所擁有的某個東西。只是現在的你，自己可能還察覺不到。」雅惠把臉又更加瞧近，像快親到似的，又嬉謔地忽然跳開。

「也罷。總有一天，你自己就會知道了。」織把句子倒著，也不知道這句話的意思。

(06)

距離第一次和 David 見面，已經過了三個月。織還是一樣如常地上班、下班，只是生活裡隱約和原本不太一樣。

上班時的織，像一個假人一樣。臉上沒有透露出任何表情——明明有著世故的招呼應對進退，溝通與事務工作無礙、甚至做得比剛大學畢業的小妹妹更加優秀，卻給人感覺卻像隔著什麼的感覺。彷若是個在這裡、又不在這裡一樣。織完美地處理著事務，卻因為活在無感的痛苦裡，不曾意識到周遭同事之間的流動。像靜止一樣。

穿著人妻買給織的成套衣服上班時，織稍加感覺到有被女同事發現，因為那些不像是剛出社會的 OL 買得起的專櫃位階。織把牌子隱藏起來，把衣服稍微弄皺。

自此開始，大約每隔十天，David 就會找織去固定房型的賓館，彼此的氣味、身體和方式愈加熟悉，但不用負擔任何承諾。又大約每隔十天，David 的老婆雅惠又會找織出來陪她的貴婦下午茶。

織和 David 見面時，儘管漸漸熟識，默契般兩人不能提起另一個人，壓抑住從對方口中得知另一人在自己所不知時的那一面。和人妻雅惠見面時，兩人也不能提起那個分別在不同晚上都會壓在她們身上的那同一個男人。三人之間從不共同見面，卻像彼此知情的共犯——像在玩著紙牌搭起的金字塔，只要一不小心說出搓破，三人關係將會轟一聲地全然崩塌。

沒什麼不好。自從固定和 David 做愛以後，每又多做了一次、身上的某個部份又會脫落一點，織整個人已經快要完全消失。那些以淚洗面的日子，快要像雲煙般遙遠。織覺得自己的心像被洗淨的被單一樣，空蕩蕩，什麼也不用想，什麼也不用煩惱，感覺不到任何快樂，也就感覺不到任何痛苦。

「日子像是道灰牆　罵它也沒有迴響」，李宗盛寫給香港歌手的一首歌詞，但它是在描寫沒有性生活耶，織笑了出來。織覺得自己從來沒有像現在這樣感到乾淨、透明，透明到伸出手指像看不見自己手指一樣。

只是。只是，雖然如此，織卻還沒意識到，每當和David、雅惠輪流見面時，雖然和平常沒什麼不同，但在對方身上的陰影處，總似有著自己所看不見的東西在逐漸累積，是在與自己不在時、和織無關的地方。那些東西隨著時間演進，不斷漸漸加深，儘管沒去多想，但愈來愈讓織不得不去感覺到。

一切都好，卻想不出所以然。織只好去找百合姐，把所有的事按照次序、講給百合姐聽。

「你們三個人都太奇特了。從來沒見過你們這種狀況。」百合姐無語慢慢地聽完，終於說出這句感想。百合姐打開尚未營業的卡啦 OK 店門，擺著簡單的酒杯，燈光昏暗一語不發地望著。「也許是你的存在，剛好稍微緩解他們夫妻之間的矛盾吧。世間所謂夫妻這東西，有很多不能與別人道盡的無奈。」

「只是，」百合姐喝盡杯底。「現在的你，只能承受像是命運一般所給你的。不論劇烈的快樂或痛苦，只能全部承受，才能穿越一切，看到那是什麼。」

(07)

一如往常，下班的織正坐在駕駛副座，轎車正駛在傍晚的東區道路。如往常般，David 拿著菸等待紅燈。一切沒有不一樣，兩人熟悉不用說多餘的什麼。

本來應是這樣的，織卻隱約感到有什麼和平常不一樣。David 正以食指敲擊菸身。沒有不耐煩，也沒出聲，男人依然是不顯露明顯表情的臉。只差沒對著前面塞車的交通破口大罵。只是沒表露出來，卻透著這樣氛圍。

男人不是對著任何特定事物生氣。

關起賓館房門，織卸下一身，沐洗時打算順便洗頭髮。不是偶然發現 VIP 房的洗髮乳、潤髮乳、護髮乳品質不錯，大風力負離子吹風機一應俱全，織先洗完吹乾應該不會耽擱太久。和 David 拉開一些距離，做愛之前。

想著剛才是怎麼回事，織拿著大毛巾走出沐間，一面將頭髮按乾。吹風機聲響蓋過男人正在淋浴的水聲。實在是想不出來作罷，織擦上尾髮護髮，在棉被裡等待男人。

走出沐間，男人穿著賓館白色浴衣。像往常一樣，男人走近床，織趨前起身，指尖撫摸著男人胸口，交換傳遞感覺的起手式——

David 把織的手推開，不讓織觸碰。女人跌落，男人眼裡什麼也沒看著，無情地掀開棉被，一股直接向織的乳房進攻。只是不同風味的宛若平常——不是，織正驚覺男人嚙咬乳頭的齒痕更加用力，另一手正同時攻陷織更敏感的皮膚地帶。平時的進攻是伴隨著周遭游移的停頓緩和推進，今天卻是不留餘地的直入陷地。織尚未暖身，稍不舒服地逐漸適應著今天 David 的方式，快感提高時又下意識地伸出指尖觸摸男人的皮膚

又被 David 的手撥開。今天的男人不是拒絕織的回應，而是正在拒絕著從第一天開始織與 David 建立起來的身體慾望方式。織稍微換作另一些動作，又被撥開。

男人開始無情地攻勢。狠狠推倒織，肩膀雙手按住織的反手手腕，女人無法掙脫。男人繼續進攻乳頭、胸口、手臂、小腹等織最敏感處——織無法叫出，身體下意識本能地開始微微顫抖。顫抖不是出自快感，而是心裡恐懼，恐懼不讓掙脫的男人今天要打開的不是織的身體。

David 今天並未進攻下體更換體位，男人連身上的白色沐衣都還沒脫。幾分鐘後，已經讓織快要喘不過氣，肩膀顫抖無法抑制。織最後叫出聲——

在喉嚨出聲前，男人動作忽然呀然而止。剛才的施加全數抽回，David 拿起床頭菸盒的一根菸，又狠狠直接折斷按掉。男人穿回衣服，甩開房門，留下電子房卡。

嘎然中止尚未反應發生什麼事，停止壓抑的顫抖浮現擴大。織緊緊抓著棉被，咬著牙，什麼話都說不出。

(08)

專櫃門市一間接過一間。初夏的風吹過颯爽，卻吹不進鋼筋混凝鋼骨的建築物裡，只能吹著室內空調，二氧化碳反覆循環。貴婦雅惠逛著拿起衣架，又搖搖頭放下，提不起任何興致。

那是當然的。不到半個月就來一次，雖然有新品，但更換檔期沒那麼快。織照舊陪著貴婦，手裡的紙袋卻比先前少了許多。

雅惠是不是應該去媽媽烹飪教室之類的地方，多認識一些人、擴展生活圈？即使去了，依現在狀況，也很難交到朋友吧，織心想。雅惠對料理也沒興趣的樣子，整天叫外送。而且他們目前也沒有小孩。

罷了，自己不也是哪有什麼社交圈，除了約男人上床以外。有什麼資格說別人。

「妳看，這件應該會適合妳」，織順勢向雅惠拿起一件衣架，再搭上旁邊一件下身，又遠離幾步拿起外套單品。織回過神，驚訝自己做出陪購僕人本份以外的舉動。雅惠也嚇了一跳的樣子，但似乎感到開心。挑了幾組結帳後，選了雅惠自己也覺得不錯的，直接去更衣室換了走出來。

織還沒察覺到，心的齒輪在緩慢轉動。不知是因為上次男人 David 床上的方式、還是成天陪著貴婦雅惠說話所影響的。

「唉你看，你的髮尾都分叉了，髮質毛躁，連布丁頭也冒出來了。」雅惠忽然湊進，抓起織的髮尾，讓織自己瞧。也是，距離上次整理快要一個月了，每個禮拜不是陪你就是被 David 找，沒有額外自己的時間。

雅惠帶著織到附近一家髮型店，「我照舊，幫她剪髮、補染和護髮。」似乎也是熟客的樣子，櫃台馬上騰出兩個鄰近的座位。織一面和設計師溝通，旁邊雅惠的已經熟練地處理了起來。

織一面在修剪、洗髮和吹乾的動線之間，一面回想起來。自己第一次鼓起勇氣，在家裡附近找了一家既不是巷口理髮店、也不是過於高檔難以踏入氣氛的非連鎖店，開口說要剪成女生的中髮。想不起來那時的髮型師第一時間表情，但隨即親切的完成顧客要求，織就馬上跑回家了。

現在不再是問題，只是還是殘留緊張的記憶，每次被不同髮型師靠近接觸的焦慮，全身緊繃就像脆弱的自己被完全托出一樣，無所遮掩。羡慕著如雅惠那般，剪吹髮時可以自若地看雜誌、聊天那種人。

不到二十分鐘，隔壁的雅惠已經結束了。雅惠坐到後坐，拿起店內雜誌，無聊地滑起手機，又看著斜前方小電視上的韓劇。

一陣反覆的洗髮、烘髮後，織的部份終於要結束了，剩下最後的吹澎和修整。雅惠湊了過來，在織的後面看著前面的鏡子。雅惠下意識地抓起一小搓織的滑順髮尾，以指尖撫順著，「真是太可惜了」。

人們在看到過於漂亮、又與自己全然無關的景色時，總是流露出發自內心的讚嘆又無盡感傷、落寞的表情。彷彿稍微用力就會碎掉般，稍縱即逝。

一次，織跟著貴婦雅惠走出電扶梯口，正要準備進店逛時，雅惠的下擺衣角被什麼東西抓住。兩人回頭望，低頭下看是個年約三、四歲身高的小孩，抓著雅惠原地不動。雅惠不知道要怎麼反應，連忙後退了一步，小孩隨即放聲大哭，響徹樓層，旁邊的店員好奇探頭。

織蹲低下來，「帶你去等媽媽哦」，用想像中的童語和他說話，包包拿出了鑰匙圈上的小海豚毛布偶，小孩停止了哭泣。織牽著小孩的雙手搖呀晃，小孩一面看著旁邊吸引他的東西，走到服務櫃台。耳邊傳來櫃台協助廣播的聲音，織一面繼續蹲著陪小孩子玩。二十多分鐘後，小孩的媽媽現身，抱起小孩，彎腰向織道謝。

兩人在往常的下午茶店逛街後休息。

「小孩真麻煩，超討厭小孩的。前陣子老公問起想不想要小孩，嚇死人了，怎麼會有天底下恐怖的想法。」雅惠對著蜂蜜鬆餅和檸檬紅茶，一面大聲嗓門抱怨著。

只見對面正襟坐著、點餐尚未送上的織，臉上眼睛抖大的淚水漱地直接掉下來。織的臉脥頰知覺水滴滑落，才意識到自己是怎麼回事，連忙出聲，找面紙擦掉尷尬。

(09)

第二十遍聽著人妻貴婦說著昨天看了什麼電視劇。

常碰面的東區一家咖啡店，雅惠穿著寬鬆大媽衣，在室內滔滔不絕。昨晚十點演的是韓劇，英俊的男主角如何地游移在二個女角之間，而女一也和另一個男二有曖昧。織從來沒想看偶像劇——看了又如何呢，有俊男美女總裁千金灑狗血以外的劇情嗎。自己既不是俊男也不是真的原女。不存在在愛情世界中。

還好人妻雅惠不會拉著織在他們豪宅家一起看韓劇。可以想見陪著貴婦拿著搖控器轉來轉去的場面。

眼前雅惠這個人，總是經常自顧自地，不太意識到對方有沒有在聽。織原先是不在意，自己也不是很擅常開話題、帶氣氛的人——我們這種人，能向世界說什麼有趣的事情呢？有人不斷講話，總比尷尬好。偶爾織也會被雅惠講的事情惹笑，都是些芝麻蒜皮的小事，但原來世界上的人是這樣活的。

其實織也不是不喜歡著雅惠，原來有著什麼人完全不顧織的意願一直硬拉著自己，心底感到開心，不再有機會去想到自己不在了的世界。

原本今天的織也能和平常一樣，無止盡地持續這樣日子下去。只是，有著什麼東西在織的體內生長，埋了一顆種子在緩慢發芽。發芽慢慢長大，長成一個飄乎不定氣體般的東西，叫作我。

人妻雅惠講起了韓劇裡的老公和小三，刺了織心裡一下。今天的織，雖然不斷目光移開、裝作沒看到，卻又始終偷盯著那個。大剌剌地無所遮掩，人妻雅惠鎖骨上方的脖子，昨天與她老公的血色瘀青吻痕。織無法不去想那個所意涵的場景，那是註定無關於自己的地方。

「妳別太過份了！」織忽然一聲喊，店裡所有其它客人都停止動作。雅惠睜著眼看著織。「我才不是你們夫妻的潤滑劑！我也想要屬於自己的幸福啊！」

雅惠聽見語句，會意了過來。沒有生氣也沒有不高興，臉上表情看不出來。啊，註定有一天，雅惠是早已有心理準備的。也許一部份，正暗自替織自己感到高興。

「我知道了。」收起長久以來的態度，轉為冷漠的語調。雅惠拿起帳單結帳，再也不動桌子上任何東西，轉身推門離開。

留下織自己，以及這些日子以來對她的一切。

(10)

一切都結束了。無限逼近空白，織知道她推倒平衡，一切終將塌陷。

織雙眼無神地躺在床上，瞳孔擴散無聚焦。無法得知 David 今天想的是什麼，是否知道她對雅惠說出口的話。一切都無所謂了，織的身體可以供任何人使用，這不是織一開始、也是最後的動機與目的嗎？

David 比平常更加沉默，比起剛開始、上一次，或任何一次。沉默的堆疊不是無，而是黑暗無底的深淵，往下踏又陷入更深的無盡地方。

David 打開織的身體，像上一次。一碰觸到，織又本能地微微顫抖，雙口微張無法講話。男人不帶憐憫但又不是放棄。男人用無限地接近緩慢，溫熱的舌頭舔舐織的乳房、皮膚，予以刺激、又嘗試讓織平緩下來。

「隨時都可以喊停。只是，如果可以的話，我幫妳，好嗎？」

織睜著眼望著 David，稍微會意過來。無法思考地點頭示好。

David 給予的愛撫持續，緩慢地接近柔水。織稍微顫抖時，又更放緩地停下進行。乳房、鎖骨、脖子兩側、手臂滑移到手心再游移復返。織終於開始累積快感悶聲，男人的頭往下探，正在替織口交。織本能地搖頭、連忙推開，David 單手握著織伸來的手心，十指相扣。David 的溫度從手心緊密傳來。

口交停止後，David 一面舔舐織的大腿內側，一面雙手輪流進攻織的上身多處。多重同時刺激——織叫了出聲，David 完全掌握了織的敏感處和方式，全盤托出。

David 打開織的雙腿，硬直地插入。織忍著痛伴隨快感，男人一面持續抓著織的雙乳搖晃。韻動逐漸增加，David 將織轉過身，手肘支撐，進入後反抓著女人的手，織無處可去地大聲叫出。織回頭無法望見男人，無助地像溺水無法抓到浮木，黑暗中又被一條繩索緊緊抓著。

織沿著那隻繩索爬上，看見那張當初那個小男生向她告白、說著喜歡她的畫面，那個還不太會打扮、笨拙時候的自己。那張畫面是織封塵深處、永遠不再觸碰的記憶。

男人一手持續刺激織的左乳，一面用皮帶鞭打織的臂部，背上留著熱辣的紅痕，又用指尖溫柔按觸稍前紅腫的傷痕。織每分每秒活著的痛苦、一直以來錯誤活著的方式，隨著無法思考的快感，像周圍的鏡子迷宮逐漸破裂瓦解，碎片散落一地。

高潮兩次後瀕臨極限，喘著喘不過的氣。David 將織緩緩抱起，繞到織的身後，讓織整身靠上，雙手環抱，雙手愛撫。織無所逃地乳房皮膚被持續挑逗，脖子耳後被男人吻著酣氣，背後體溫大面積接觸的安全感，直到又小潮了一次。David 又將織推開，再一次抽打、進入、翻來覆去，直到織一絲聲音再也發不出。

「這樣足夠了嗎？」

夠了嗎，不用再無止盡地找陌生人做愛，如空殼般地活著。夠了嗎，即使未來不論再遇上什麼人、愛上什麼人、被什麼事情傷害，即使和現在眼前這個人永遠不會再見面了，都能靠著這個一直活下去。

眼前這人始終一直小心地沒和我接吻，沒有給予我專屬獨佔的愛——不是慾望或片面的愛，而是愛著織這個人的本質，從無法言語的肢體狠狠貫穿、包圍。

殘存在床上的場面一片凌亂，汗水、精液和浸濕的淚水，躺著的人再無法動彈。旁邊的男人十分冷靜，望過來的眼神卻無盡溫柔，溫柔蔓延無邊深切的悲傷。相互傳遞慾望，註定什麼結果也沒有，哪裡也到達不了。男人悲傷著的，眼前這個再也看不下去、自己身為有婦之夫沒有立場出手干涉、無法承諾也無法給她任何未來、也無法出聲斥責的這個人。

織後悔著，自己一切被全部看透，卻始終沒有讓這個男人在自己面前顯露出脆弱的樣子。

(11)

穿著居家小可愛和棉質短褲，織打開門，快遞包裹。

織拿著小紙箱，走向自己租屋房間裡放滿了玩偶的狹小單人床，被門鈴吵醒正在午睡。

沒有署名寄件人，織卻隱約知道。打開紙箱，裡面一個包著報紙的薄紙殼。接連打開，映入織眼前，一件David 穿過的男性襯衫，和一間賓館的白色浴衣。David給織的最後禮物。

織拿起那件白色浴衣，下意識地走向自己的單人床，蓋上棉被。織側著身捲曲身子，將浴衣抱在懷中，深深吸著上面殘留的氣味。

忍不住手，伸向小可愛下的自己乳尖，慾望的開關開啟。織微微發出呻吟，回想想著身體殘留記得 David愛撫著自己的熟悉手法，自己手指光滑不若男人粗糙，滑移著雙臂，忍不住更抱緊著自己。

掀開棉被，平躺地躺著。枕著高的枕頭，雙膝微張，織以自己右手修長的中指無名指伸直的手勢伸向自己下體，模擬 David 按著自己的感覺，劃圓圈、按壓。隨著慾望堆疊升高，織忍不住左手刺激自己乳房，全身抽緊，雙腳夾緊圓枕，喊了出聲，喚出與 David 僅剩的最後記憶。

迎來高潮的情緒脆弱，織哭了出來，眼淚一哭便無法止住。隨著抽蓄的哭泣，不斷地撫摸自己，全身皮膚敏感棉被棉質緊纏著的觸感，曲著身體更緊緊的擁抱，吸著浴衣的 David 氣味持續高潮，更加情緒放大。

直到擠不出最後一滴淚，織將一切深深地埋藏在身體裡。記住一切又不再記起，成為自己靈魂的一部份。

織招了長途計程車，駛向東北角的公路海岸。織在後坐望著窗外景象，不發一語。

長久行駛的車終於停下，在一個沒有任何標記的公路邊，一面是海，一面是陡峭斷崖。「要留下來等你嗎？」搖下車窗，中年司機問。織搖搖頭，晃著手拒絕。司機作勢發動引擎準備離開，留下清澈空曠的海風聲，沒有任何車經過。司機看著這個女客人沒有太多表情、卻隱約是釋放一切的感覺，應該是不會跳海自殺吧。那種帶著淺淺笑的，才要趕快報警。

織在無人的公路邊，眼前是灰色蒼朧但沒有雨。凝望著遠處岸邊海水的淺聲拍打、消散發呆。織打開包包，拿起收到的一封信。信封是昂貴的牛皮紋紙質，用裁信刀打開，信紙帶著粉紅色圖案與香水氣味。

親愛的織：

抱歉任性地寄了這封信，抱歉一直以來這麼任性的對你。有些話說不出口。其實很珍惜你陪著我的這些日子。雖然知道是那是不可能的，如果不是在這種情況下跟你認識就好了。好希望可以一直下去，學著怎麼和你當世俗意義的朋友。

那天看到你掉眼淚的樣子，忽然產生想生孩子的念頭。我體內也會有著母性本能嗎？不是來自我的肚子，結果卻是你傳染給我的。前幾天去婦產科，拍到了第一張超音波，小小的生命。自己會是個好母親嗎？

看著照片時，想像希望當這孩子生下時，你能是第一個抱它的人。明明是由我的生的，卻像是我替代你而生的一樣。

還能再跟你見面嗎，...

織把信紙撕碎，灑向前方東北海岸的太平洋。

(12)

「織～幫忙多訂兩個日式照燒便當～」

「好～」

三個月過去，織如往常一般上班，女同事們決定今天中午不想出去，一起訂外送。織起來去茶水間，幫忙打了加訂電話，同事們還在盯著螢幕替下一季案子奮戰。

十二點，稍前外送送達，女同事們拉著有輪子的辦公室椅，在大橢圓桌聊天。男同事還是一群出去外面吃了，回來時衣服總帶著七星菸味。

「Ｃ部門剛來的新人，一到中午就立刻下電梯了耶。」

「人家剛來嘛，說不定怕生。跟之前的織一樣。」

「嗯？」忽然話題 Cue 到自己，有點不太好意思。「之前不太注意到這個。」

「沒關係吧這是個人自由。」

「以前你總彌漫著別和你說話的氣氛。」一個女同事拆開筷子，不帶個人好惡地評價。「人總是會變的。」

「市區快遞～請問是 XXX 嗎？」一名機車外送員搭大樓電梯上來，指名確認織的名字。織起身去接，不知道是什麼事。女同事們停下筷子，低頭竊語。

織一回來，腰前捧著一大束粉紅色系的玫瑰花，花束下綁著紫色緞帶。偷跟過去的女同事，看了一眼卡片上的署名，「果然，猜對啦」女同事們一陣鶯燕大笑。

是這樣的，織所在的公司所屬的一個子公司，前陣子和這裡有合作往來。子公司的人來辦公室時，有個看似剛畢業的男生，一下就引起整群這裡女同事注意。織去接待記錄，那個男生看似靦腆、一有機會就去找織講話，被女同事們暗中看到。前幾天有人起哄直接問起，織只好稍微說了一下，前幾天有和他單獨約會了，在店裡對坐時，對方連正眼也不敢看織一下——又引起同事爆笑。

熾抱著大花束，又被眾人圍看，紅起臉又不太好意思。「我去找東西裝」織連忙捧著走向茶水間，右手擦了眼角。

一名女同事拿起桌上話機，撥了子公司市話分機號碼。午休時間還沒結束，卻接通了：

「小弟弟，你把我們這邊的大姊姊弄哭了啦。你要負責哦。」背景又是傳來一陣訕笑。

下班兩人約了搭捷運去吃夜市裡的平價牛排。兩人在下車處捷運站口碰頭，搭手扶梯回地面，下班時間人潮擁擠。走到地面，兩人等著紅綠燈。織偷觀察，男生似是緊張，還是沒有把別人的手牽起。綠燈亮起，織順勢把那男生的手牽起，領著踏步出去，留下男生原地的表情驚訝。

不論會再受到什麼傷。

吃完餐，男生搶著要付這次帳。織也沒堅持的意思，下次輪流嘛。櫃台結帳時，男生忽然緊張手鬆開一下，包夾掉落地上。織連忙幫忙彎身撿起，打開無意冒似看到皮夾裡的身份證背面，

這一次，配偶欄空白。

織洋著幸福光暈的燦笑。

（完）

拉拉公園

拉拉公園

（上）

這一帶區域的中心有座公園，許多孩童在那兒戲耍。小怯正猶豫著是否該走進去，不斷在旁邊徘迴。該先跨出左腳還右腳，該用什麼表情，暗自擔心穿的衣服是否足夠親切、討人喜歡，走進去後大家會是自然而然地接受她繼續一起玩耍、還是一轟而散。是小怯想太多了，什麼事也沒發生。小怯和大家一同玩著沙堆，有人先不假多想地和她說話、借沙剷和玩具桶給她，交談嬉笑聲音與大家自然融入了，那天下午。

忽然有個女孩跑出來，指著小怯，對大家喊說：「媽媽說他是男孩子，不要跟他一起玩。」

傍晚，大家已一轟而散，連稍微轉頭、猶豫著要不要和小怯說話的人也跟著回溫暖的家吃晚餐了。天色暗下，水銀路燈亮起，小怯拖著自己長長的影子，一個人盪鞦韆。公園的木板寫著四個字：『拉拉公園』。盪著盪著。她在想著什麼呢？也許什麼也沒想，也許想著果然又搞砸了，也許記恨那個小孩，也許她誰也不恨，只怪自己，也許只是在盪著裡繼續沿續下午的時光。晚愈深，幾個小時過去，時間變得無限長。

忽然有個女孩走過來，穿著洋裝，身高、年紀和小怯差不多。她到小怯的鞦韆旁，盪著鞦韆，沉默無語。一會兒忽然停下來，她示意和小怯以小指打了勾勾。她拉住小怯的手，從公園離開。

※

女孩領著小怯到公園旁的一間木屋內，拉著木餐桌旁的椅子。小怯沒坐椅子，而是選擇蜷縮在屋內一個它認為安全的角落。女孩理解但不以為意，顧自拿出硬麵包、水和牛奶，示意自己使用。女孩靠前，對屈膝蹲坐的小怯說，我叫紅。

紅離開餐桌，回房間做著自己的事。幾個小時後，稍微出來走動，發現餐桌上的食物未動，小怯仍在角落顫抖。紅嘆了口氣。像撿了隻悲慘又兇人的幼貓回來，撕牙裂嘴，爪子不會抓人，只朝向自己。不斷感到焦慮，沒有地方能夠感到安全感。

睡前，紅問要否換個比較好睡的地方。小怯只撿了一條小棉被，繼續縮在那個它認為比較安全的地上角落。紅沒辦法，只好拿著毯子，舖在地板，陪在小怯旁邊。要睡著前，「不論你是什麼，別怕誰會對你怎麼樣。」紅說著。

隔天早晨，陽光從木屋的窗戶灑入屋內。紅有事要出門，交待小怯幫忙看家，多久就會回來，有空沒事的話幫忙洗盤子、倒垃圾。小怯忍著不安，抓著小毛毯，獨自默默吃完留在桌上的食物，熟悉環顧四周擺設，以及屋外傳來的隱約人聲。快要恐慌害怕時，幫忙洗碗、摺衣，想著紅離開前說的話。隔了三、四小時，紅回來了，環視屋內情況無礙，對著小怯說好乖。

隔天紅出門，比前一天更久的時間未歸。小怯把能做的事做了，躲在床上，等著時間一分一秒過去、門卻尚未被打開，熟悉人影並未出現。覺得自己又似被遺棄，想起在公園場景，為了緩合情緒，把書攤開、馬克杯水倒，窗簾被撕破扯下。傍晚，紅回來時，看到屋內一片混亂，小怯在床上抓著毛毯，不斷哭泣發抖。

看著這光景，紅也難有脾氣。先把混亂的桌椅收拾到可以吃晚餐的程度，我在這裡，不會丟下你忽然消失。

晚上熄燈後，換上寬鬆衣物，說服小怯在木床上睡覺，勉強擠得下兩人。小怯抓著紅的衣角，仍然在意自己的不正確。渴望靠近，焦慮無限放大。依賴想靠著紅，毫無防備的脆弱顯露在她面前，原先的自己變得不是自己，無力地攤著哭著鬧著。活著一切的痛苦，像發條被鬆開，生命之源僅剩奢望來自遙遠彼岸對方給予的施捨，無法期盼對方的回應，只是一件淒慘的軀殼，除了他人一無所是。

紅懷著小怯，一面說著：「現在我照顧你，總有一天，你要慢慢自己長大起來。我也會有我的脆弱，也會在另外一些人的懷抱裡。我不在的時候，想著我給你的，忍耐自己堅強。很久很久以後的有一天，也會有別人找你、換作你在照顧她。」

幾個月後，小怯在紅認識、幫忙牽線的一家隔壁小雜貨店打工。幫忙老婆婆顧攤，貨品上架，打掃。和公園附近不少來店裡買東西的居民說話，原本緊張，慢慢也稍微習慣了。從總是下意識地看旁人離開後有沒有立刻轉頭竊竊私語，到漸漸遺忘了在意這件事。

（下）

公園的艾公主剛上任滿一年，獲得一些居民的喜愛。慶祝上任周年，艾公主宣佈舉辦第一屆拉拉公園貢獻獎。在公園中心的木製舞台舉辦儀式。紅被頒獲第一名，照顧居民無數，是公園的知名人士。緊接下來名次原由不記得了，大約是T酒吧老闆提供抽菸喝酒社交空間，老踢照顧婆子三十年，婆當義工照顧鄰居孩童之類。不知原由，小怯被提名第十名，理由是外族移居、積極融入公園付出貢獻。小怯不敢高聲張揚，怕引麻煩，請求主辦可否私下。

支持艾公主的居民聲勢高漲，另一些人的不滿悄悄累積。周年過半年，忽然新的民眾聲音四起，艾公主被趕走了，推舉了新的統治者，名叫白心皇后。

白心皇后參照國際拉拉宣言，頒佈拉拉公園的新詔書。支持新任皇后的居民，自願組成了士兵隊。上任第一步，下令立即將紅抓起來，當眾處死。因為紅不只同時和多個女人不正常往來，更曾和男人苟合，罪大惡極。緊接著，是上屆貢獻獎的全部人，以及艾公主時期的支持者。

儀式即將開始。擔任士兵的子民們站成一排，拿著木桿隔開群眾。其中一人拿著火把將稻草點燃，溫度漸漸升高。士兵們穿著牛仔褲、方格紋襯衫，不露出女性曲線、但也不能太男性化，這是符合拉拉公園的新式標準服裝。小怯被擋在士兵牆外，看著紅即將被燒死的場景，大聲哭喊。士兵說：「你就是個男人，這裡的事和你無關。」小怯被架出拉拉公園之外。

在被士兵架走前，小怯最後一刻看著紅。一樣那件洋裝、留著長長的頭髮，那也被視為違反詔書的象徵，過度女性化、淫蕩、勾引男人、敗德。紅遠望著小怯，淺笑著搖搖頭，彷若說著「沒關係」。小怯想著最後一次見面，紅替小怯梳髮，送給她一個頭髮綁帶，千囑著「不論發生什麼，要堅強活下去。」

※

小怯逃到剛好處在士兵們守衛範圍之外、邊界的一間破屋裡。這一切太突然、真實又殘酷了，小怯傷心欲絕。小怯想著是紅對她的打勾勾，讓小怯從孤伶伶的邋鞦韆裡解救出來，成為拉拉公園的一份子，是紅讓她忘卻每夜的哭泣和恐懼，在很安穩的安穩裡夜裡睡眠。不知過了幾天，只知道小怯哭了好幾夜。

門外忽然人群腳步聲。打開，一夥人拿著啤酒瓶和食物走進來，像要找人喝酒訴苦般。其中一些人穿著小禮服和高跟鞋，另一些人穿著男式西裝、皮鞋、手錶和西裝頭。這在新的拉拉公園詔書裡都是不被允許。

「我們都是也被趕出來的。」其中一人說。「只是因為親匿地稱呼我的 T 叫『男朋友』。現在拉拉公園的人們說叫『女朋友』才是正確的。但我和我的 T 覺得這樣很自在，叫男朋友到底有什麼錯呢？」

那組 T 婆看起來是一對。像 T 的那個人說，「我一眼就超級愛我老婆，馬上捧花接送吃飯送禮追求她，買房子給她住，買鑽石項鍊套住她，每天像狗一樣努力賺錢、讓她不用工作，回家看到她在家傻傻地對著我笑，我就什麼都心滿意足了。」T 旁邊的女孩接著說，「好愛他體貼容忍我的無理任性，也喜歡他像男生孩子氣耍鬧、要我哄他的樣子。結果他們說我是『給人養』，違反了『沒有誰照顧誰、沒有誰養誰誰被養，女人之間是彼此扶持、約會採取 AA 制』的新詔書，說我們是舊時代的化石，還會擴散傳染毒素，就把我們趕出來了。」

一位小 T 推著輪椅，上面坐著一位臉上疤痕刺青、穿著吊嘎的老 T，但明顯已神智不清。小怯面向推著輪椅的小 T，問他究竟怎麼了。「他是我一直很尊敬的大哥。他女朋友有一天忽然和子民們竊竊私語，討論到底要如何才能讓我的大哥『被碰』。她們認為不論再怎麼 man、拉拉公園的子民們一定就是女人，若無法接受被女友碰，一定是受到父權內化的自恨。她們討論著如何說之以情、動之以理、循循善誘，表達若不給碰她會感到很受傷，耐心地勸大哥接受她的愛撫。她以『是不是不愛我』威脅，大哥原本打死都不願意，只好妥協了。結果大哥還是無法接受自己身體被當女人的衝突，在她的愛撫糾纏下，他只好自我解離、暫時抽離意識讓自己不存在。結果，大哥就瘋了，無法理智言語，一有人碰到他就瘋狂大叫、拿摔破的馬克杯劃破自己的臉和胸口。她女朋友和那些子民們知道闖禍了，慌張不知如何善後，便叫我把大哥推走，自己沒事地交新女友去了。」小 T 說著邊哭，小怯感到老 T 和他之間深厚義氣。

「白心皇后的腦粉有病哦，不准我們被別人碰，一面又自己很愛拼命碰。怎麼都是女生樣在替我們發表意見？媽的是不會先過問我意見哦？」一個刺青小T，把啤酒罐用力撞在桌上講著。「剛才一般國的男生球友來找我，我帶他們到籃球場，三對三鬥牛。一群弱雞，被我一個人電爆。看我連進了三個空心落網，隊友無意間拍我屁股 nice play，結果被看見，當場就把我球友拿步槍射殺了，說『不論雙方性別，沒經過同意觸碰對方就是不對。』屁咧不論性別個屁！害我再也不敢帶一般男到這裡打球了。」

一位面色蒼白的女子：「也許我真的就是大家口中說的壞女人。總是無可救藥地勾引別人家的T。一想起同時傷害了兩個人，像毒液般的快感，每當別人家的T壓在我身上時，覺得自己是個性感的壞女人又讓我更加無比快樂。但隨即又極度悲傷，自己為什麼是這樣的人，卻又無法控制地繼續尋找下一個。毀滅地傷害所有人，才能感到自己活著的真實。我也真的愛著所有人，每個慾望我的人也都將他們無法渲洩的那一面，在我身上盡情傾倒。經常夢到在我的葬禮上，所有曾被我誘拐過的

T 和他的原配都來出席，棺材旁擺滿了每人送我一朵憎恨的鮮紅玫瑰花。」

一個穿著連身小洋裝、編著繁複髮編的小公主，緊接著說。「原本我在拉拉公園鄰近的一般國交界，住在男人丈夫買的別墅裡，仿古典主義風格，中間有噴水池那種。不知從某次開始，每當丈夫不在的晚上，總有個 T 會爬到樹上，用小石子丟往我二樓房間陽台、引起我注意。第一眼看到他時，誇張的肢體表情逗得我笑呵呵不停，就放他進來了，在我的公主床上一起纏綿。對我來說，他的出現像王子一樣，從沉悶的妻子生活中解救出來。趁著老公出差三個月，編了留學的理由，跑來拉拉公園他這裡住。」

「那為什麼現在不趕快回去呢？」

「嗯……有隻清晨固定餵的野貓，只對我們喵喵叫，牠是唯一知曉我們不可見人關係的動物，餵出感情了。」

「我每年都可以到一般國免費旅遊。」一個年約

四十五、歷盡蒼桑的老T說。「交往第一任女友，原本是個一般女，熱烈追求被我掰彎，海枯石爛，兩年後去和男人結婚生子了。第一次失戀心痛得要死，恨自己為什麼不是男的。但到發生第十次時，有點看開了，大概是無法逃脫的宿命輪迴。沒再和她們忿恨以對，每個都招待我去他們那裡玩。我耗費大半輩子，換來了住不完的免費民宿。」

「哇～～嗚」一位穿著寬大上衣的年輕女孩大哭，約略十八、九歲。「我原本不是拉拉公園的人。先前我和男孩子初戀交往。他要我幫他口交，我感到害怕，但我深怕他不愛我、離我而去，我便配合了他的要求。結果他愈不尊重我。我沒經驗、不知道正常的男女交往是怎樣，不知道什麼是愛、什麼是自我。結果我每天用筆割劃自己、沒辦法正常生活，男朋友就跑掉、交了新女友去了。我走到了拉拉公園，那個紅見了我，拿手帕包住我自己割劃的手腕，帶我回家，每天晚上陪著我睡著。偶爾我失控的時候，她用吻和手指讓我徹底釋放，才能平靜下來。我們並不是交往，但紅讓我重新找回了自己和再愛的力量。」女孩旁邊的斯文踢，緊接著幫腔：「她和男人過去創傷的事，後來不知怎地傳出去，被旁人知道了，說她很髒很噁心，就趕快逃出來了。」

「說到髒就有氣！」一個瘦但結實的T緊接著吐苦水，「我交往過的每任女朋友床上都同一個德行，只會擺出老娘躺著不動你快動，枕頭公主！暗示了我也想要高潮，結果笨手笨腳、兩三下手臂就沒力，一臉不耐煩的樣子，又繼續只顧自己爽。沒辦法，為了解決需求，只好瞞著居民，和一般男約砲。別人說是白白讓男生佔便宜。我的死黨哥們砲友，說我高潮了就馬上翻臉不認人聖人模式，他覺得自己只是被利用的人體按摩棒。本來相安無事，私下認識會這麼做的T還真不少。風聲在公園傳開，大家一臉驚訝『什麼，竟然有T和男生做愛？不可能我不接受！』自己檢討反省啊幹！」

「大家都說我是神經病，有病要去吃藥看醫生。聽了大家的話乖乖去看醫生，結果每次只會開讓我昏昏沉沉的藥，讓人什麼事都提不起勁。只是讓我沒力氣發神經、不要給社會製造困擾而已，根本一點屁用都沒有。氣之下乾脆揪團找同類，結果好多人和我遭遇 樣，整天被周遭當神經病。我們一夥人沒事固定定期聚會聊天，講垃圾話，人來來去去，人數愈來愈多。雖然稱不上病情治癒，算感覺比較好地活著，一起吐槽真他媽的正常人社會！結果後來不知怎地，傳到醫師還是諮商師的居民口中，說我們是『非法進行諮商行為』，把我們通通舉報……」

「我每年報稅都被說年收入太少、未達繳稅標準。原本也沒事，今年忽然被舉發，說我們不僅沒有交往伴侶資格，連繼續在這裡生活也不允許。」旁人拍著他肩膀，接著說道，「新詔曰說每個人『經濟獨立』是基本條件，沒有經濟能力是不被允許存在的。大家要考好學校、找好工作，年收百萬後要積極學習理財投資、被動收入、財務自由才有資格拉拉成家、提早退休……」原本講話的人拍桌，罵聲載道，「幹，老娘每天工作十幾小時還常領不到錢，你說我自己不努力、好吃懶做？老娘就是活得今宵有酒今宵醉，管它什麼優秀，又錯了嗎？」

「我已經十幾年沒上班了。」一個長頭髮、穿著T恤牛仔褲的女子說。她應該是能在白心皇后時代過得不錯啊？小怯心想。「其實是靠伴養啦……說起來有點不太好意思。可是每任一和我交往，都要我馬上搬去她那裡住，安撫她們失眠，包吃包住不用付水電，有事沒事送我禮物，我都沒開口。是因為我很會應付神經質的女人嗎？總之就習慣了不用上班的日子。結果分手了那些人就情緒激憤，到處公佈我照片，說我騙錢不還，還組成『受害者聯盟』？奇怪了當初自己送東西給我時，完全不是那嘴臉啊？」

「唉對了……說到菸酒，為什麼也被全面禁止了啊？」剛才的旁人幫忙解釋道，「現在流行拉拉健康研究，抽菸喝酒是『物質依賴』。社會歧視造成我們抽菸喝酒，所以健康的拉拉國應該不菸不酒。白心皇后背後有著國際拉拉聯合會的龐大經費，各地拉拉公園統治者要遵循拉拉指標，不然會影響經費……」

小怯聽著這群人的故事，感到不再孤單，忘記了自己。原來大家都一樣。小怯忽然覺得這裡比拉拉公園的那個下午還更加地拉拉公園。這裡大家都不是紅的女朋友，但大家無比地都感懷著紅。小怯跟著喝倒啤酒，繼續這晚的不斷敘說。吵嘈聲中，忽然有人話鋒一轉：

「唉我覺得你打扮中性一點也不錯，不考慮一下嗎？」「你真的不出去找工作嗎？」「有病就要看醫生，不要出來亂」「有男人老公又找T，真厲害」「整天亂劈腿，你不累我看得累了」。最後有個男生樣的T，拍了拍小怯肩膀，「我認識管道可以偷渡移民到一般國，你在這裡也註定待不下去……反正你喜歡女的，對嗎？」

碰！是士兵們來了！白心皇后上任後，不只把違反新詔書的子民驅趕，士兵們的守衛範圍更加擴大。小怯和這群破屋子裡的人們，心驚是否又被士兵們發現。

「快把蠟燭吹熄！不要發出聲音！」一人緊聲說著。大家聽著門外士兵們的腳步聲，愈走愈近。如果士兵們打開門，該怎麼辦？這群人沒任何盤算把握。或許已經認命，這裡已是拉拉公園的邊緣郊區，再被趕走，乾脆被殺死、一同隨紅的終結命運而去。

門還是打開了。穿著中性制服的一位士兵走進來，拿著步槍，指著木桌旁剛喝酒的所有人。士兵作勢開槍，小怯一步向前阻擋。

步槍的刺刀刺進小怯的腹部裡，忽然間，士兵的手向前沿伸過來，小怯的身體也向士兵沿伸而去。究竟是誰的手拿著步槍，誰的腹部被刺，誰是士兵，誰是小怯，已經模糊不清了。士兵的臉向前來，小怯看到的是自己的臉、紅的臉、所有拉拉公園子民的臉，任何人的臉及沒有人的臉。

天旋地轉。沒有人是拉拉公園的子民和士兵。所有人都是拉拉公園的子民和士兵。沒有人是紅，所有人都是殺死紅的那個人。

（完）

四月三十一日，女宿兩個（或一個）女學生之死

女宿兩個（或一個）女學生之死

四月三十一日，

(01)

「梅梅，等一下要去社團迎新嗎？」

九月下旬，學期剛開始。剛整理好入宿行李，與開車的家人道別。綠蔭下的夜晚漸涼，從學校宿舍鐵製衣櫃拿出薄運動外套穿上，抬頭室友小君向梅梅問起。「好啊」梅梅說。

「去女研社迎新演講好嗎？」

「你對女研社有興趣啊，好意外。」

「你會有興趣的樣子。」

走進社科院，塑膠椅約可容納三十人的小教室，不認識的社團幹部忙碌著，走廊擺著蛋糕茶點。環顧一周，決定和小君坐在最左邊前面靠窗的位子。黑板上粉筆寫著「台灣婦女運動史」。

演講什麼已經記不得了。四十分鐘、演講完休息時間結束後，主持人問大家有沒有問題。霎時間，面面相覷，沒有人舉手。主持人和講者和謁可親，兩、三分鐘過去。有位學姊舉手了。這位學姊講了什麼也已經記不得了，只記得講完後，忽然舉手發言的人接二連三，彷若破冰似的，帶有對演講內容的理解又帶出進一步衍伸、首先講話但又不過份逾矩冒犯、深思熟慮又自然。

梅梅忽然覺得後腦勺像被什麼東西撞到一樣。

演講結束後，幹部帶領學妹填寫聯絡資料。小君說和熟人聊天趕著先離開。「千千，可以幫忙收東西嗎」，社長小狼喊著。人漸漸散去，不知道哪裡的勇氣，走向剛剛發言的學姊，「可以和我一起回宿舍嗎？」千千學姊有點嚇到的樣子，但笑容可掬說好，問我住女一宿嗎？

手晃呀晃，怎麼做出這種事，心裡緊張死了。千千學姊卻神態自若的樣子，不覺得狐疑也不感到困擾。走回宿舍路上，十分鐘過去了，結果梅梅一句話也沒講。「新生嗎？」梅梅點點頭。

到宿舍前，千千學姊站定送人。梅梅走前，千千學姊向我問起：

「為什麼要找我說話呢？」

「覺得能第一個舉手的人很勇敢。也許我一輩子永遠無法做到。」

「傻瓜。」千千學姊說。

(02)

「梅梅學妹，要一起去咖啡店念書嗎？」

十月中旬，梅梅手忙腳亂遲到來到店裡，千千學姊也剛到沒多久的樣子。千千學姊從背包拿出幾本書、紙張和筆記型電腦，「我點副食一起吃，看妳要喝什麼」。梅梅看著學姊，挑位子落定，點餐不假思索，和店員好像熟識。學姊好像很常來這裡的樣子。愣著才發現似乎想太久，趕緊點了熱拿鐵加糖，驅除入秋的冷意。

稍微入了定，梅梅看著眼前的千千學姊。埋頭在好幾份文件裡，戴著黑框眼鏡，髮尾綁著隨意的橡圈，穿著格子襯衫卻纖細修長、線條畢露，透著冷冽優雅的暖光似的，非常帥氣迷人，自己只是懶惰地穿著運動褲和運動外套隱藏自己——盯著太久有點不好意思了。開學三周，梅梅才知道了選課流程，拿剛到必修課本，大三學姊果然不一樣，知道自己要幹嘛。三十分鐘後，梅梅拿起店裡擺放的少女漫畫，稍微輕鬆地看了起來。

「室友小君問我要不要去找家教工作。」梅梅忽然想起來。

「然後呢？」千千學姊頭沒抬起來地回應。

「我沒覺得自己有資格可以教人。」

「妳不是也考上T大嗎？傻瓜。」被學姊這樣說，有點不好意思，但梅梅發現自己從來沒有覺得自己可以的念頭，所以不知怎麼回應室友小君。「學姊有當過家教嗎？」梅梅問起。

「有吧，這學期接了兩個家教，停了一個。但我因為聲音受過傷，沒辦法連續講課三十分鐘，要和學生家長先溝通一下。」

千千學姊聲音這麼迷人，竟然受過傷，真是太可惜了。梅梅心想。

「是梅梅學妹嗎？要不要一起回宿舍？」

下午五點課結束，文院樓外被叫住，梅梅往前看，記得是女研社社長小狼。社課見過一面，現在穿著夾克、騎著越野單車，身型矮小卻聲音活量。

梅梅還沒買腳踏車，於是小狼便牽著車並行，看著課後紛流的人群。大概小狼也感受到學妹有話要說的樣子。

走了一回兒，果然。「小狼社長，那個，我想知道，社團裡千千學姊是個怎麼樣的人。」

「妳喜歡她啊？哈哈，這沒什麼啦，女研社很多，不稀奇的。」梅梅羞紅了臉忙著撇清，小狼社長鬧著學妹玩。

「不是啦，不是那種喜歡。只是、只是有點，憧憬的感覺。」好不容易可以說出心裡的想法。

「好啦，不開玩笑了，我知道。」收起笑臉，小狼邊牽著車、回想著。「千千其實大我一年，但她上一年休學，所以我剛大一時她是大二幹部，是前年的事了。」

「前年和今年幹部開會時，她會親切地和大家打招乎，總是微笑著的樣子。活動安排大家沉默時，也會給有用又可行的意見，總是讓事情進展得順利又不失分寸。只是，」小狼咪起眼睛，看著天色灰黑的校園遠方。

「每次開會結束後幹部喊著要去續攤，她卻從來不參加。也幾乎很少和誰主動提起關於自己的事。」小狼低著頭看步伐，踢了小石頭，滾到路邊的泥土。

「既然千千願意主動親近妳，這是好事啊。別想太多了。」小狼拍了梅梅肩膀，迅速騎車離開，狡猾地不讓梅梅有機會反駁。梅梅一時還無法意會。

(03)

梅梅忽然打來找我能否陪她一下。語氣聽來有心事的樣子。抓著包包簡單出門，約在離商圈的校側門口。下午天色灰暗，梅梅穿著不起眼的運動外套和帆布鞋，碰面後一語不發，千千只好一路跟著她。

梅梅走近商圈，店家接連擦過，卻沒有特別要吃什麼或買什麼的樣子。走進小物店，看到不知用途的小物便拿起，又放下，空手離開。穿過商圈很長距離。覺得梅梅今天乍似看定，眼睛卻盯著遙遠的遠方似的，心在這裡又不在這裡。

走過好長一段路，轉到南北向的校園圍牆外，梅梅走近一家便利店，買了瓶裝海尼根和吸管，在店內坐位默默喝完，又離開繼續走，沿著圍牆外。行道樹的陰影讓影子拖得好長，彷彿一直走下去，直到世界盡頭。

天色已全黑，梅梅轉近圍牆裡，終於在離人群偏遠的長椅，坐了下來。樹下的水銀燈亮起，喧鬧在遙遠的地方，隔著教室大樓的夜風吹過一陣稀疏聲的落葉。稍微拍掉長椅上的灰塵，千千坐在旁，等待無限的時間經過。

千千在不顯露表情的心底，對自己嘆一口氣。本來已經決定好，不再和任何人有太過深入關係的。這樣下去，不知道是好還是不好，對梅梅，或對自己。千千有點慌張，卻也知道是在自己騙自己——早在主動回應梅梅的接近時，暗自開心了起來。不是嗎。但關於未來，千千什麼也看不到。

像忽然想起什麼地，「昨天小君看的星座節目說，今年風向星座的運勢……」話題前後跳躍無關連，拖著不斷說話，暫停空白一段時間，又突然想起下一個話題。講起開心的時候語調起伏，想開心起來的樣子，目光卻低頭望著的前方空地。

過了好久時間，精疲累竭。隔了永久的沉默，終於像鬆開什麼地，藏在無關緊要的話題穿插中間。梅梅學妹高中時和大他好幾歲的一個社會人士交往，說覺得自己好起來，也才能考上 T 大。但不經意稍微脫開外套，手臂上有些微新舊交混的瘀青，肩膀微微顫抖。

千千應該是知道什麼事了。從難以理解的支離破碎中，拼起這段話。

像靜默又像回應，千千順手拿起包包裡的涼菸和 zippo，擋風點起火。菸霧圍繞著梅梅學妹又被風吹散，沒有擁抱的擁抱。靠近又沒說什麼，梅梅睜開了眼，重新回了神，知道自己在哪裡、剛剛在和誰講話了。千千送學妹回宿舍，萬分複雜。

(04)

梅梅學妹正在我對面，把咖啡店裡的漫畫都要看完了，只好帶家裡的存貨借她。十一月中旬，期中考剛結束，梅梅一付沒要念書的樣子。千千面前的這個人似微哼著無聲的歌，椅子搖擺勾不到地的腳，像隻剛初春又忙著搬核果準備過冬屯糧的過動小松鼠一樣。

最近不定期默契地固定在星期二下午約會，兩人都空堂。熟悉空間了幾次，固定的圓木桌椅，鵝黃色燈光，幾坪不大的擺設，穿梭內外場店員的臉，終於能讓梅梅稍微放鬆一點。講話的時候，表情隨著語調和語尾上揚自然流露出來的樣子，真可愛。希望能當守護著這麼可愛的人，一直。

「那個……」

——在毫無防備的時候，梅梅發出了低微尖叫。過了幾秒，千千面前的梅梅像娃娃忽然關節脫落一樣，垮落在桌前。眼神睜著，但沒有對焦，嘴唇微張開，像停在剛講完想起的一個笑話的樣子。

千千花了幾秒會意剛剛發生什麼事。剛發出聲音的人，和手的動作，原來是同時進行——坐在梅梅後方的陌生男同學，喉嚨發出聲響的同時，拍了梅梅肩膀一下。

陰錯陽差，竟然剛好發生。千千閉眼幾秒，腦中重新整理現在狀況，起身開始一連串動作。

千千先請愣住的女店員，幫忙把梅梅移到員工休息室，那兒有一張沙發。梅梅移坐枕著，但仍未反應。千千向店員說可以先離開了，我先看著一下，但門不要關，周遭一點自然聲音，應該一回兒她就會沒事了。店員回到吧台。千千蹲在梅梅前，觀察學妹胸口呼吸起伏情況。應該無大礙，找找有否鎮定藥，但萬一超過三十分鐘仍未醒來該要怎麼辦。

時針走過二十分鐘多，梅梅終於醒來。眼珠重新轉動，重新會意周遭自己在哪的樣子。「妳醒了，沒事了。你先再休息一下，我去外面處理一下。」千千學姊不急不徐的語調神情讓梅梅安心下來。隔著門不遠，梅梅學妹聽見千千在和外面剛才那個男同學說著，

「抱歉嚇到你了，這不是你的錯。只是這孩子比較特別，發生過一點事，對男孩子的碰觸比較敏感。但這不是你的問題。不要太過介意。等她沒事了，我再讓她和你說。你可以先留下聯絡方式，我讓她一陣子再回覆你。」隔著門遠看，梅梅也可以想見那個男同學嚇到的

樣子。

許久男同學離開後，千千似放下重擔地回到休息室間。門一閉上，梅梅開口詢問著：「為什麼妳會知道我不想被送走？」

一進門或許梅梅尚未回復，就被開口這麼問，千千有點嚇到了。「直覺吧。妳只讓我知道，卻不曾對任何其它人說。我想妳應該不願被學校通知父母之類的。」梅梅尚未身體能動，但心裡窩心。

(05)

和千千學姊約好一起去逛書店。十一月下旬下午，溫度驟降二十度以下，路上的人紛紛轉灰色系衣服，臨近丘陵的學區附近秋冬總是灰濛濛的。梅梅穿著棉質外套長褲包裹，見到學姊揮了揮手。學姊今天綁馬尾，行動方便的樣子。

約好先到學校附近的女性主義主題書店。開了十幾年，聽說由婦運前輩出資開的，社團學姊們好像也常在這裡打工或買書。

步行來到巷內，穿過狹窄的樓梯來到二樓，牆外掛著 Virginia Woolf 的畫像。進入店內，木桌上擺了性別、同志相關新書。

「哇，是胡晴舫的新書耶。她的書我都有買，好喜歡聰明的人寫的東西。」梅梅拿起平台上的書又說又跳地，翻閱了起來。翻到書中間，梅梅才想到，剛剛講話，學姊好像沒在聽。

狐疑地偷瞄一下，問了一聲「還好嗎」，千千學姊像貓被驚嚇般，忽然才才忙反應過來，哦嗯敷衍，像在整理被弄亂的毛似的回復優雅。

千千好像心不在焉的樣子。梅梅逛了書架繞一圈，從社會學、同志研究到文學，瞧瞧小旗、馬克杯、胸章等周邊小物，最後買了那本新書拿去結帳。聽社團聊天說，這裡只雇用女生。結帳的是個平頭、平胸瘦瘦的人，可能是 T 或 FTM，梅梅是看女性影展學到的。

走下樓梯出來，千千跟在後面。剛才在店裡，千千幾乎一個東西也沒碰一下。平常總是優雅從容的學姊，竟然也會緊張。梅梅呼吸新鮮空氣轉換心情，「可以陪我去其它店繞繞嗎？」千千問起。

然後千千帶路到隔壁大馬路上二樓的外文書店，買了 *Female Masculinity* 英文書，好像是講 T 的。然後走回靠近校門口的地下室的人文社科書店，陰暗濕氣，買了《性別打結》和《此性非一》。最後一起到冰果店，取了熱甜飲在二樓休息，還好沒什麼客人。

千千學姊好像稍微放鬆了的樣子。嘆了一口氣。「還是告訴妳一點好了。」似乎想了很久的樣子，梅梅低著頭吃東西聽著。

「我和現在男朋友在一起一年多了，每個禮拜都會去他那裡，他在附近租了房子。他很好，對我很好，一切沒什麼不好。可是他有另一個未婚妻，家裡安排的，結婚後要繼承家裡的公司。」原來學姊也和社會人士交往。

「每次在他那裡的半夜，他總是小心翼翼地不吵醒我地離開棉被，拿起西裝外套然後離開。為了體貼他，我也只好裝著熟睡的樣子。但他每次半夜離開時關門的聲音，菸灰缸留下的菸味散在空氣，剛才相處的感覺變成痛苦。我對現況沒什麼不滿，也很珍惜在一起的時候，可是每次他離開去……另一個女人那裡的時候，還是要咬牙忍著不掉淚。」免得他繞回來拿忘記的東西時發現看到嗎。

「學姊這麼好，為什麼要這樣委曲自己呢？」梅梅問。「只有他能接受這樣的我。」唉，女生在戀愛裡都是笨蛋白痴嗎。梅梅演起扶額的 LINE 動畫圖示，惹得千千學姊笑了。

「唉對了，問妳哦。」梅梅用耍賴又百無聊賴的口吻。一直很想問，雖然梅梅心底是知道的，一邊玩著盤子已空的湯匙。「不會覺得我很傻嗎？一般人知道了那個事……之後，沒有不斥責我、制止我的。」

「也許吧。說真的，我也不知道我這樣子想是對或錯，怎麼幫妳才算作正常。只是我總是覺得，」千千一邊吃著剛講話還沒吃的雪花冰，「當妳有一天有足夠力量的時候，會由妳自己來決定的。會有那麼一天的。」最後一句話像咒語一樣，像講給梅梅聽，又像講給自己。

(06)

像在溫暖的海洋沉沉伏睡，被母親懷裡抱著，搖晃著安眠曲。眼前的男人向我招手，轉身離開，離去的背影母親的眼淚潸然落下，撲搭搭打在臉上，啪地重重摔下……

竟然做了夢。梅梅睜開眼睛，坐在往鄰近市鎮公車的雙人後坐，剛側枕在學姊肩上睡著了。竟然睡著了。還好沒有驚嚇出聲，學姊似看窗外凝望，沒有發現我剛做了夢的樣子。

十二月下旬，聖誕夜前一週的平日傍晚，灰蒙蒙染著天色。被千千學姊約了去外面走走。畢竟節日當天是留給男朋友的嘛。「到隔壁鎮的夜市吧，又在平日，人潮比較少。」千千講著。校門側的公車站牌一起上車，接連上課又幾晚沒睡好，昏昏沉沉。

下了站走近熱鬧街，傍晚店才開張，幾家攤位的柱子正在搭立。眼前幾步的千千，今天穿著秋冬色系的連身長洋裝、剪裁俐落的黑色外套、低跟麂皮短靴，背後束線腰身，溫柔又帥氣。還沒完全睡醒的梅梅晃呀晃，被帶去喝了一杯酸梅湯，吸一口冰冰地把額頭酸醒。醒了梅梅便講了男朋友前幾天襪子亂丟飯粒黏在臉上的笑話，千千掛著笑盈盈聽著，在隔著兩步的距離後面。

周遭稀疏人潮的背景音安靜地包圍著我們，在世界中又被溫柔地隔開。排隊著炸芋泥球、奶油餅、潤餅、英式紅茶，一攤又一攤的衣服小物。不知誰帶著誰，有時梅梅帶著千千跟著，梅梅沉憩便又千千帶著，隔著一步之遙又永不企及的距離。周邊的時間與人群流動又像定格靜止，千頭萬緒的永恆。

看著千千擋下了一組青春期屁孩搭訕，用閩南語和攤販老闆點東西，再用英文流暢應付了假借問路的外國觀光客。一遇到外人打破兩人世界，梅梅便似拉衣角地躲在千千身後。希望有一天可以換作我保護著千千，梅梅心想。總有一天。

吃了幾組，喝完店面內薏仁豆花後，千千說去玩那個嗎，眼前指著射飛鏢。梅梅說著我不會，心裡想著不敢在外面別人看的地方玩著什麼。記憶中七歲左右時和媽媽在玩撈金魚，小梅梅還撈到了幾隻跳著好開心，然後就散落了。是什麼時候開始害怕著呢？

千千說沒關係我來就好。便銅板給了老闆，拿起飛鏢，捲起袖子的手肘形成漂亮的角度，梅梅偷看著側臉時，咻地幾聲，幾組之內一下子就中了遠方靶心的紅心大獎。梅梅嘩地開心地拍著無聲的手。怕老闆不高興，千千換了大獎的大隻泰迪熊玩偶，再用現金買了一模一樣的一隻。梅梅接起，一百五幾公分的她無法將一隻玩偶完全環抱。

千千打了手機，請她男朋友開著轎車載她們及兩隻巨大玩偶像回學校。後坐的梅梅對千千男朋友樣子不記得了，只記得陰鬱氛圍和黑色反光刺眼的寬敞高級轎車，女人果然都無可救藥地喜歡著這種男人嗎。

當時沒有人知道，之後的幾個夜裡，每當梅梅又被男友在床上醉後發洩地毆打，男人離開後，梅梅發抖地抓著棉被，緊緊抱著那隻泰迪熊像想像著被千千學姊抱著，才能順利呼吸撐過去。千千的男友在聖誕夜約會行程、賓館碰面結束後先行離開，千千撐著身子搭計程車獨自回到自己房間，打開燈，摟著那隻泰迪熊。像說給梅梅聽，然後自己正被梅梅安慰著。

(07)

三月上旬，陽光從樹葉的隙縫灑下染成金黃，窗外初春鴿子成群鳴叫，走路一會兒背後微微濕汗。千千學姊難得主動約我，隔了寒假沒怎麼見面，梅梅心想。

眼前對面坐著學姊，在常去的那家咖啡店。有人進門時推門上的風鈴格外清亮，客人組數不多，店外盆栽葉子留著剛澆完水的水滴。千千穿著粉色系及膝洋裝，手臂和胸口露出三分肌膚，戴著小圓珠耳環，上了淡妝，十分適合春天。好像有什麼要對我說的樣子，打電話時氣氛聽起來。

對面千千點了冰咖啡，冰塊上白色鮮奶油，咬著吸管又放開，好似緊張想著等下要怎麼開口又故作沒事。梅梅桌前擺著巧克力香蕉冰淇淋，玻璃杯上水珠凝結，勺起來很甜，手背輕微觸碰了杯壁一下冰涼，消去初春驟熱。梅梅故作輕鬆，卻像搖著松鼠尾巴，心裡開心極了，沒事地翻著店內日系少女雜誌，等著千千準備要說什麼。十幾分鐘過去，梅梅先講起幾個笑話，千千稍微放鬆地回應講了寒假在幹嘛類似話題。

三十分鐘過去，下午三點半。店內隔著窗外陽光正美，盆栽的綠葉們像剛洗完澡似地綠意盎然，一組客人離去，檯內店員放著輕音樂小聲聊天。花草開得正好，天造地設，再也沒有比此刻更好的時刻了。千千心想。千千閉上眼，睜開對視學妹。梅梅也會意似的，半闔起手邊雜誌，低頭望著杯腳，帶著笑意繼續搖著尾巴。

首先看著千千嘴唇微張，半晌地想了要說出的話，但聲帶未震動形成聲響。接著千千往上看了看、左右，低下頭，閉上眼睛又重新睜開。要化作話語時，千頭萬緒，又闔作罷。千千刷了眼線、大地色眼影和睫毛的眼，梅梅看著千千眼框忽然泛紅、水潤在眼框裡打轉。一分鐘過去，千千紅眼睛消退，呼吸又逐漸回到一開始平常般平緩，泌了口冰咖啡，像剛才什麼都沒曾發生過一樣。

梅梅看著世界上最美的人在自己眼前無聲響的哭又重回優雅。

「唉要是可以一定娶妳回家。」看完演出的心得般，梅梅知道，但沒關係，千千主動這樣已經讓梅梅很開心了。

千千笑著，忘記剛才瞬間。實在太捨不得打破學妹心中完美的學姊形像了。千千錯別了最初的、也是最後的時刻。

(08)

小君在宿舍淋浴間洗澡完，拿著裝著沐浴用品的臉盆，晃呀晃回房間。室友梅梅不在。一進房間，看見門縫下塞了不知名的小卡片。小君拿起來，一面毛巾將頭髮的水吸乾。打開看，上面寫著「女一宿生必加」，附上像是 Line 群組的一串英文數字。

小君坐在坐位，高架床下的書擺著筆電，用電腦登入 Line 軟體，輸入小卡片那串英數。管理員馬上同意加入，映入小君眼簾一串洗頻對話

「大家知道嗎　一樓 10X 室，住著一個男人耶」

「這裡不是女宿嗎　怎麼住進來的」

「有人的同學在總圖櫃台打工　刷學生證時不小心看到學生註冊資訊　好像是入學時是男性　去年開學復學時改成女性了」

「蛤總圖櫃台可以連到全校學生資料哦　超沒隱私的」

「總之是因為這樣才住進來的」

「既然已經能換登記了　不是應該已經變性手術了嗎。我記得……台灣　要先變性手術　才能換身份證的樣子？」

「既然已經變性了　有什麼好大驚小怪的？」

「你不知道嗎　我上 youtube 看了變性手術的影片　血淋淋的好噁心哦　看英文字幕解說　好像是用本來陰莖和陰囊的皮　然後反轉成陰道壁　龜頭變陰蒂　外陰唇是用原本的海綿體　手術後還要一直用塑膠棒擴張防止萎縮……」

「好噁心哦」匿名齊聲附和

小君頭痛了起來，關掉視窗。梅梅還沒回來，決定先把小卡片藏起來，打電話和另外兩個室友說一下。絕不能讓梅梅知道。

「他好像會在一樓的洗衣間洗衣服耶　所以我們住一樓的衣服一直以來都跟一個男人身體一起洗　然

後再貼在我們身上嗎」

「我把衣服都丟掉了　以後都到二樓洗衣機洗」

「這樣二樓洗衣機要排隊耶　本來已經很難排了」

「不然你去一樓洗啊　現在很空哦　哈哈」

「蛤我平常只穿著 T 恤內褲去淋浴間耶　不是都被他看光了」

「他住在這裡　我們不是很麻煩嗎？以後出房間門都不能隨便穿了」

「大家都穿好出來不是禮貌嗎　我被強迫看到不想看了」

「穿內衣很麻煩耶　住這裡還不能放鬆乾脆住外面雅房算了　還比較自由」

「ㄟㄟ拍謝打斷一下　有必要這麼大驚小怪嗎　他根本長得比我還更像女的了　我寧願被他看還不想被根本長得像男的合法視姦好嗎」

「ㄟ你對 T 有什麼意見啊　T 就是女的啊　奇怪」

「不然這樣好了　請生輔組找校內社團和校外性別團體到宿內演講　講友善多元性別　認識跨性別會有幫助嗎」一個中立宿生發問

「吼拜託！那些人只會講著友善尊重不要歧視的風涼話啦　他們有親自下來和變性人一起生活嗎　根本不理解我們感受」

「你會因為看了 Discovery 蟑螂生態影片　就不再害怕蟑螂嗎」

「所以跨性別是蟑螂？」

「比喻啦比喻　反正懂我意思就好」

「是說　不能集結連署　向住宿組反應大家心聲嗎」問起後，群裡一陣沉默。

「……我也很想啊　和一些宿生幹部討論過了」

「可是校內有性平社團　和學生會和校友會關係很

好　畢業校友也都在校外性平團體和政黨　拿了很多性平捐款　而且現在執政黨力挺性平　去年才剛通過《反歧視法》……」

「如果公開發聲　我們不只風向不對　還可能會被告　有誰敢用真名連署嗎」宿生看不到彼此面的面面相覷。

「那大家的心聲怎麼辦　只能在這裡講嗎」

「沒辦法啊　所以才創了這個 Line 群　至少他去哪間廁所淋間洗澡　一起相互通報」

「唉……　不好意思打斷大家　講個公道話」

「不管大家信不信　我就是住在 10X 的住宿生　老實說如果不是有人說出來　我根本看不出來」

「現在回想起來　他根本就超優質室友好嗎　在房間裡換衣服是在高架床上換好才下來　哪像有些人直接脫　髒衣服還亂丟　他總是都穿戴整齊才出房門　晚上十一點準時熄燈　不會打呼　鬧鐘叫了很

快關　地上滿地頭髮都他主動掃的」

「可能只是我感覺啦不準　難怪覺得他怪怪的對誰都太禮貌客氣　也許他比一般人更不想給別人造成麻煩　有時我都暗自 OS 幹拜託你別這麼客氣好嗎」

「比起和一個男的同住被看光共用淋浴間什麼的我更無法忍耐每次都有人把用過的紅豆麵包放在置衣架讓人碰到啦幹」

「是耶　有次不小心剛好用他剛好用完的淋浴間排水孔蓋的頭髮清理超乾淨的　牆壁比其它間白亮該不會他每次洗完都在刷牆壁吧？」

「你能接受不代表別人能接受啊　我們其它人怎麼辦」

「我不管啦　我不能接受廁所淋浴間有一丁點男人體味　萬一懷孕了怎麼辦 !!」

(09)

距離消息傳開已經五天了。不知為什麼，梅梅再也沒有回宿舍。聽系上學姊說，千千學姊也已經好幾天沒上課了。明明應該只能透過那個小卡片知道這件事，但自從某個時間點開始，宿舍內、系上女同學或社團，大家看到彼此好像眼神都很恍恐，但又不說破。梅梅是因為這樣而察覺到、因此再也沒回來嗎？小君猜想。

小君現在正在女研社社辦開會。因為常陪梅梅聽社課，偶爾留下來幫忙，大一下快結束了就被抓來當準幹部了，只有她一個大一在場。大二、大三學姊最近這幾天已經被這件事弄得焦頭爛額。

大家都累了。但沒有人知道應該怎麼辦才好。

是這樣的，原本預定好了在四月底會舉辦固定的社遊，是每年例行傳統。現在因為「那件事」傳開，社內耳語流傳。小狼社長看不下去，找大家來開會，把話說開。

「我個人沒有不接受學姊的意思。只是怕有些新社員心理不接受又不敢說，或是外人參加不知情結果無法接受，把事情鬧大，替社團惹麻煩。」某大二學姊說。

「我們因為被社會壓迫才在一起努力，為什麼今天要反過頭去壓迫比我們更少數的人呢？」

「這話和心底就是無法接受的人說沒用啊。」

「我也沒有不接受的意思，只是很不理解，為什麼她選擇隱瞞，而不直接告知大家？這樣讓我很難再信任她。」另一位大三學姊說。

「是我也會隱瞞吧。這種事有苦衷可以想見。」

「能不能今天社遊住宿全部改住單人房？或是事先找意願接受的，安排好分配。」

「忽然改都單人房似乎太刻意了，經費也會增加。明明她沒做錯什麼，卻要被事先安排，這樣對嗎。」

「大家私底下是一回事，我認為還是要照一般來。不能讓外界有我們社團性別歧視的印象。」某大三學姊說。

「可是……」第八次繞在迴圈裡反覆。

有個不太發言、但一路聽下來的大二生舉手想講話。嚇了爭論不休的學姊們一跳，但因為她從沒講話，便安靜下來，優先聽她講什麼。

「不好意思我不熟悉社務，可能想的有點笨……。到底為什麼我們要舉辦社遊呢？大家都是成年人了，不是可以私下約一約一起去就好？」

這位同學發言後引起尷尬的沉默。打破尷尬，小狼清了清喉嚨，解釋道：「沒辦法啊。是為了學校社團評鑑，拿下一學年的經費。而且校內社團會競爭每年性平週的舉辦權。如果我們不照評鑑分數規定，明年性平週可能就會是發『一生一世』『守貞卡』『墮胎二十四週』酷卡文宣的保守團體了。畢竟他們也依校內程序成立社團，舉辦社課……」

「所以，」發問的同學說，「我們是為了社團經營和反對保守勢力，去做我們其實不是真心想要做的事？」

又陷入一陣沉默。

※

小君蹺了下午必修課，坐在網球場外的長椅上。四月中旬，已近夏日的午後，被最近的事弄得心煩意亂，買了冰紅茶消暑解熱。

好希望一切都不曾發生。然後室友梅梅仍像往常一樣，和她講著跟千千學姊的笑話。回想起有時梅梅兩天沒回宿舍，一回來像變了人地毫無生氣，小君去找千千學姊說，然後梅梅就又回復往常一樣。一切都再來回不來了……嗎？

「學妹，蹺課啊？我可以坐妳旁邊嗎？」

小狼社長穿著背心脖子披著毛巾滿身大汗，剛運動完似的。沒等回話，自顧自坐下，拿起運動飲料喝了起來。

「真讓你見笑了，不好意思，竟然讓大一學妹見到這麼難看的場面。」小君說沒關係。「等下和妳說的話，妳也不要告訴別人。聽聽知道後忘掉就好，能忘掉……也許對自己比較好吧。能讓妳知道，我的擔子也比較輕一點。」

「其實事情也沒表面上那麼簡單。比如那個大三學姊啊，上次開會講我們要性別平等那個，」「嗯我記得」小君說。「小菁表面上說完全尊重，但已經暗地安排好下一屆社長人選，投票都拉籠好了。可能會由那個大二學姊明年當黑臉，她當白臉，暗地排擠她不喜歡的社員在社團。比如一面支持通姦除罪化，一面私下傳誰又跟誰上了床是破麻小三。」

小君不明瞭。「小菁和女性主義基金會很熟識，就是第一堂社課演講那個，修《民法親屬篇》那個，小菁可能畢業後也會去那裡工作吧。」

「我也還大一時，兩年前聽那時大三社長和我講以前曾發生過的事。幾年前有個社員是異女，剛成年就生過小孩，很想幫她的女同和男同好友代理懷孕。打聽一下才發現，基金會也反對國內施行代理孕母，公開施壓反對，說是物化女性。結果她好生氣，和她同志朋友一起存錢幾年才飛去加拿大完成這件事，回國後再也對婦女運動不聞不問。」

小狼咪著眼看樹陰外的刺眼陽光。

「現在回想起來，即使沒有『那件事』發生，光是千千學姊永遠不曾選擇在這裡對誰敞開心扉，我這個社長，就已經徹底失敗了。說這裡是女性和同志的家，真是諷刺。」

「高中時我讀女校，但校內圈內人都是乖乖牌，沒什麼認同感。所以常和附近學校一群 T 哥們廝混，不讀書，整天抽菸喝酒混 PUB 滿口髒話虧妹的，不太正經。」小狼拿起七星濃，點起火。菸往小君方向嗆了起來，小狼連忙把菸弄散。「現在還是常跟他們聚聚，也見過彼此馬子的臉，雖然都換過好幾個輪。哦對了，有次學校新聞系有學妹想要來訪問對同志的看法，想問有沒有幾個 T 給他們採訪，寫在校刊。我看了看她樣子，家境教養像從沒接觸過『那種人』，壓根兒不敢。天知道稿子出去，社團這裡怎麼傳圈內也有 " 那種人 "。」

「有一次在女性主義書店幫忙辦一個晚上活動，來了穿著台北市高職生制服的一對小T婆，遲到坐在後面。過二十分鐘不到，他們就離開了。我藉故偷溜出去順便擋個菸，跟他們聊一下，她們說『這裡講的話我聽不懂，覺得這裡好像不屬於我。』」小狼熄掉菸蒂，放進口袋的菸蒂盒裡。「歸屬的感覺是相對的，覺得與世界疏離的人似乎不見得能理解另外一些。有時有點羨慕那種永遠不會感覺到另一些什麼的那種人。」

「我不知道也不想再去關心學姊到底是什麼。只是隱約覺得，千千應該也是屬於，不會輕易用世俗標準或教條，去看待她所珍惜的人事物的那種人。」

「我不喜歡女人之間複雜的事，也不懂深奧的事，更不知道身為社長該怎麼做才是正確的。」小狼站了起來，伸起腰，活絡筋骨。「只是希望，也許，等妳這屆當社長後，到了那一天，現今這一切問題都已經自然不再是問題。若妳這屆不夠，就下一個幾年後。」

「謝謝啦，聽我說亂七八糟這些。妳別跑掉哦，明年還要再來社團哦。」小狼拍拍小君肩膀，騎著腳踏車朝遠方離開，留下一抹咧嘴的笑。

(10)

［新聞］T大女學生涉及歧視　檢調偵結起訴　恐處一年以下徒刑

〔台北訊〕日前士林地檢署接獲匿名申訴，T大女學生涉嫌在通訊軟體LINE散佈對多元性別者的性別歧視言論，遭擷圖存證。檢調申請搜索令，請求校方提供名冊，扣押手機等相關證物後，發現對話記錄屬實，已對涉案學生進行起訴。

地檢署受訪表示，該案相關性別歧視言論內容情節重大，已違反《性別平等基本法》《反歧視法》相關規定，可能處一年以下徒刑。並呼籲民眾瞭解相關法規，避免觸法。

國內性平法律訴訟團體理事長受訪表示時，支持地檢署受理後主動起訴。「台灣性平落實，已是國際指標性的進步國家。徒有立法不足以改變社會風氣，呼籲教育部撥款提供更多性平教育資源，改變人心，才能真正落實，建立多元、包容的性別平等社會。」

至於網路上更加關心，此案的受害人究竟是誰，是否與流傳T大女宿有男性入宿有關。地檢署表示，依《尊重性別認同施行細則》規定，偵查依法不得公佈跨性別人士相關個資，以確保跨性別者相關權益。也請民眾勿加流傳不實消息，嚴重者恐觸犯法令，得不償失。並再次呼籲，台灣是民主法治國家，犯罪與否與特定身份無關，只與行為有關，請民眾勿過度聯想引起恐慌。

水量稍退的「女一宿生必看」Line 群，忽然有人匿名大喊：

「哼嗯！罪有應得！　誰、叫、你、偷、吃、我、冰、箱、裡、的、咖、啡、奶、凍！」

另一人忽然跳出來：

「哼　你自己還不是偷用別人的洗髮精　還有資格說別人！別以為匿名就沒有人知道你是誰。」

(11)

敲擊金屬的鬧鐘響鈴大作，早上八點，小君連忙關掉鬧鐘。心煩意悶，幾乎沒什麼睡好。

校慶週五，四月三十一日，連假第一天。今天是社遊集合日，早上十點必須到捷運站出口與大家碰面。

千千學姊和梅梅到底會不會出現呢？小君心想，八成是不會了，但不管怎樣，希望都沒事才好，室友梅梅昨晚還是沒有回宿舍。

前一晚，社辦還在開最後的會。無止盡的爭論，大家累得精疲累盡了。最後小狼社長宣佈，一切照一般來，住宿房間分配當晚由社長用 app 亂數決定。不能接受的人，請自己消失，可以改住隔壁旅社，幹部默契不會干涉。

可以再討論下去，但大家都累了，也沒有時間了，便同意社長指示，晚上十一點散會離開。

小君腦袋迷糊地刷著牙，不再想了，準備更換方便活動的衣服。回房接到手機鈴響，大二學姊打來：

「出事了。社遊取消了，小狼宣布的。可以的話……，趕快過來隔壁學校的派出所，我給你地址。」大二學姊傳來地址，以及早上的即使新聞網址。

[快訊] 兩名T大女學生 旅館內不同房自殺身亡

本日凌晨六點，XX 派出所警察接獲通報前往 XX 旅館查看。樓內房間一名單獨女房客，被發現於房內左手割腕流血、再以刀刺心臟身亡，當場死亡。身旁散落遺似安眠藥空瓶。法醫現場初步判斷，死亡時間為半夜二點多。經確認身份為T大大學部一年級。

同一時間，隨即又接獲通報，同旅館另房間，一名單獨房客也於房內懸樑，以自行攜帶繩索上吊自殺身亡。法醫判定死亡時間為昨晚十一點。警察詢問房客入住時間，上吊者為晚上九點，大學生為晚上十一點，並非相約一起。刑警將繼續調查兩人關係，瞭解真正原因。

大二學姊趕緊聯繫認識的人權義務律師，小狼社長找了兄弟T朋友黑道認識的警局局長拜託幫忙，讓小君以關係人身份、接受偵訊為交換，進去封鎖現場。

小君推開旅館房門，看見梅梅躺在血泊的棉被，旁邊是那隻千千學姊送的泰迪熊。

「對不起。」

「沒關係。」

(12)

平行時空—四月三十一日另一個結局

那個人是千千學姊嗎。小君找到疑似千千的踪跡了。

七年後，小君在北部一家上市公司上班擔任會計。室友梅梅也畢業了，兩人還是保持聯繫，常常互傳訊息聊天。

從那之後，千千學姊就消失了。

千千好像又休學了一年，但還是畢了業。最後一學年修課時，已經沒人認識她，當然也不住在學校宿舍了。千千像換了一個人，穿著樸素衣服上課，不和任何同學講話，走在學校也像在躲避。路上被社團學姊認出，也閃避離開。

室友梅梅也順利畢了業，工作幾年。遇到現在丈夫，然後結婚。

小君在和梅梅訊息聊著家庭主婦的話題，忽然在臉書上滑到共同好友的朋友，疑似是千千學姊的照片，但名字已經更換。小君像電流流過一樣，先不讓梅梅發現，小心翼翼地找關係詢問、搭上話，確認是不是以前的千千，問能不能再和梅梅見上一面。

兩人約在晚間東區一間西餐廳，梅梅訂的。絲絨桌巾上服務生倒了餐前酒，桌與桌之間間隔。

千千眼前的梅梅穿著繡蕾絲邊上衣和貼身卡其褲。「妳變勇敢了。以前的妳不敢穿太過女性化的衣服的。」千千啜了一口香檳。

「被現在老公治好的，雖然還沒完全。」梅梅像早已反覆想了千百回，接著娓娓解自己的後來：

「知道『那個』後，忽然像被雷打醒一樣。想到第一件事——和男朋友分手。也許是妳給我的愛早已足夠讓我有力量了，只是我不自覺或撒嬌。不是那種，但不會講……。也許知道暫時我們可能無法再像從前一樣見面了，妳給我的圍繞會忽然中止，我必須好好地封藏起來。如果這一切不算作沒有意義，必須立刻這樣做。」

「我拜託小狼社長假裝是我新男朋友，和前任出來當面談判。小狼還找了他的 T 朋友一群過來當圍事哦，好笑笑。總之就是演得一付『就是要切了啦兩不相欠敢勾勾纏就要你好看』的氣勢，只差沒拿出刀架脖子。」梅梅講得很好笑的樣子，千千想梅梅也講一點閩南話了。

「離開學校，工作幾年後，遇到現在丈夫。和他說了我的情況，他說沒關係。他很年輕，只比我大一歲，也沒交過女朋友。也許是他沒什麼侵略性和慾望吧，他也耐心地一點一點陪我，我下意識好像是可以接受他平常方式觸碰我。我從三個禮拜會跳開、發作一次，漸漸到三個月、半年。距離上一次大概快要九個月了。」

「妳呢。我也想知道妳的然後。」梅梅一口氣地說完，叉手托著頭。

「遇了好幾個男人，找不到一個能把我當作唯一的……。有個小男生跟我告白，小我好幾歲。交往後我問他，他說那有差嗎他不知道那有什麼。比起我活著的方式讓他深深喜歡，那個什麼他一點也不在乎。」千千低頭有點害羞。害羞起來的樣子超可愛，應該是正穩定在一起吧，超悶的，梅梅想。

離開餐廳後，兩人沿著騎樓，前後間距步行走往捷運站。那之後兩人再也沒說什麼，沉默而想說什麼但又無法說的洞像無限擴大。同樣是三月，夜間的大廈風吹有些寒意，梅梅沒有外套遮，但寧可不要，梅梅要寒風吹進心骨裡。

走到捷運站入口，千千道別送梅梅進站。

梅梅回頭轉過身，作勢要向前什麼，雙腳卻停在原地。千千看著梅梅肩膀發抖，咬著牙但身體仍然無法動。千千是知道的。千千正要笑著開口說——

「妳別說話！」梅梅微小但用盡氣力地喊著。幾步外的路人回過頭看了一眼，應該是沒事吧又轉離開。「我知道妳知道。千千學姊總是善解人意，什麼都沒說卻什麼都知道。但這次一定要由我親口說。」

千千靜默站著，等待梅梅肩膀鬆下到稍微能繼續講

話的程度。終於回復呼吸能好好繼續說，

「好想親手抱妳，但我知道我的身體現在還是無法。腦子拼命想，身體就是不聽使喚。」

「回想起來，當時一知道時，馬上就有『原來』恍然大悟的感覺。不是那個原來，而是，我忽然明白了，和妳在一起的時候，無論我們靠得這麼近，卻直覺感到，妳永遠在保持不碰到我。若是一般朋友，稍微熟了以後，相處講話時總是自然會有無意的碰到，比如走路時碰肩膀、挽著手，對嗎？」千千點點頭。

「那時的我是有感覺到吧。也許是覺得『既然目前妳是這樣，就等待有這麼一天吧。』當然這是後來慢慢回想，才能化成話語的。當時只是下意識。」

「這幾年老公不在身邊，抱著那隻泰迪熊時，常一直回想，如果可以再見面，好想好想緊緊抱著妳。」

「結果，我們靠得好近，妳給我的安全感幾乎是治好了我。我不知道那時的我，帶給妳的究竟是高興還是痛苦……。我們卻不曾真的擁抱過。」

「如果換作我是妳，我也會這樣吧。不知道，只是偶爾會想，如果那時妳選擇多靠近一點，在不知道的情況下，我能不能就能不會怎麼樣了，」梅梅堅決地，「或許我們就不會不曾了。」

千千沉默著聽梅梅一次說完。千千下意識以往的微笑，「———」

「別再說那個什麼沒關係！」

幾乎吼著般，梅梅往地上用力摔破形而上的玻璃杯，拿起碎片，往自己心房狠狠刺下，泊泊鮮血流下，

「我恨我自己，恨自己為什麼剛好是這樣，也好恨為什麼這個世界是這樣。但最一丁點也無法忍受，也無法原諒的，就是妳的那個沒關係！」

（完）

狐狸

鏡子

狐狸

鏡子

(上)

十月上旬，大學開學第三週。奇奇今年剛升大二。看著校園喧鬧的人潮，夏天葉綠的尾巴朦上一層淺灰色，仍然遮掩不住一切新鮮事物的躁動氣息。周遭一切人們看起來是多麼幸福，突顯奇奇心裡更加地悲慘。

走進通識課教室。上週已宣佈課程大綱、修課用書和上課規矩，這週要決定團體報告分組。

團體報告，又是奇奇最不想遇到的尷尬場面，與系上活動、體育必修並列三大討厭之一。大一下差點被二一，好不容易重新振作好好修課，決定這學期不能再被當，馬上又遇到大地雷，差點成為壓垮奇奇的最後一根稻草。

原本想著，只要鼓起勇氣帶著愉快心情積極面對世界，與教師和周遭建立起關係，一切就會順利起來了。

看著教室裡其它同學，約略依同系、性別、高中同校、社團或其它舊識而各自拉幫結組，自己仍孤零一人，奇奇暗自盤算著如何悄悄從後門離開，不要被任何人注視發現。忽然有人從後面敲了奇奇肩膀。回過一看，一個女同學問起你分到組了嗎要不要同一組，並拉著好似原先她已先認識的人。

不知怎地莫名奇妙就順著答應，然後乖乖修課了。

後來想起來，她應該是同系上的同學。仔細環顧，應該是剛好沒有其它同系班同學，那是奇奇極力避免的。

※

不自覺地交換了LINE，方便聯絡報告的事。不自覺地相互聊起了修這門課的事，老師上課很無聊啦、下週要帶什麼、期中考之類的。不自覺地又聊起了其它通識課，哪些好玩、好修又好過。文文，那個主動問奇奇要否同組的女同學。

不自覺地，奇奇和文文經常習慣地在LINE聊起來了。每天晚上聊起二十分鐘。

為什麼是二十分鐘呢？以前主動搭理奇奇的人，奇奇像抓到浮木般地巴著人家，結果人家一下子就跑掉了。幾次後，奇奇向圈內姊妹訴苦，換來破頭大罵。

「如果有人整天和你講無可奈何又無法改變的事，你會覺得怎樣？」

「很煩、壓力很大，想逃開。」

「是唄。那你為什麼又要讓別人感到很煩、壓力很大呢？」

「我……」

圈內姊妹看不下去地繼續說著。「這種心情我瞭解。但要設身處地稍微為別人著想，思考換作你是他會怎麼感覺，然後才怎麼做。彼此平衡的關係才會長久。不要以為自己最可憐，就全世界別人都要義務為自己著想。」

緊抓著這些叮囑，奇奇在聊天時克制自己不要講不愉快的事，找些有趣的事。並且練習最多二十分鐘就找理由掰掰，避免無止盡地一直耗下去，增加對方的負擔。

保留地說，若不是因為文文，奇奇早就不在這裡，早休學了。

奇奇高二開始穿女制服上學。高三畢業時，大抵是個路上看幾眼不會被發現、簡單講話不會被識破的程度。大一入校後，也沒特別高調或臭臉，不知怎地，陰錯陽差，周遭新生紛紛熟絡分群，就是落下了她一人。這事很奇妙，有時錯過了一些時機，就是錯過了。猶豫或推遲，自己害怕起來，與周遭的透明隔閡愈來愈厚，別人更不敢和你搭話、自己也更不敢和旁人搭話。

直到迎新晚會後，班上各自築巢落定。

奇奇說服自己不在意，反正念大學是來上課，不是來交朋友的。大一下，奇奇依然照舊上課，這時其它同學紛紛有了代點名、互通有無的網絡。每天奇奇一個人上學，一個人走回宿舍。經常一整周沒和任何人講話，除了便利商店和點餐。

過了半學期，春季來臨。看著花開、周遭幸福的樣子，奇奇忽然就垮掉了。走在路上全身顫抖，覺得自己根本不存在。從房間走出門，需要愈來愈久的時間醞釀力氣。

期中考週後，奇奇就再也沒去上課了。後來可想而知。

※

文文不知不覺和奇奇熟了起來。起先因為修通識課的分組報告，交換了 LINE，討論工作分配。然後開始每天固定小聊了一下，講些今天發生又不知和誰講的無聊事。向奇奇聊起附近哪家餐廳新開的不錯吃，奇奇向我分享哪些點在哪些時間人煙稀少比較不會被打擾。

文文想不太起來當初怎麼認識奇奇的，只記得分組報告，好像隱約認得是同系班上的臉，就一時衝動沒想太多。文文也不是那麼排斥被黏——雖然平常多是奇奇主動丟訊，但話題還挺有趣不無聊。也許當作多認識一類人、瞭解另一種觀看方式吧，異性閨蜜之類。

也許因為親和的假象，文文一直以來也經常被各種階段遇到的小妹妹貼上黏人。雖然不好意思拒絕，但每次遇到沒分寸、不會看臉色的，常常一聊就是幾個小時無止盡下去，話題圍繞自己打轉、也沒真的在聽對方在說什麼的，還是覺得心累。奇奇反倒不會，每次在心裡浮現「差不多該結束」前，奇奇就先主動掰掰了。多一個乖巧的小妹妹也不壞，文文心想。

文文大一入學後，本能地辨識出班上自然發展出的幾個團體，再讓自己不著痕跡地游刃於不同團體之間。三個月時間，不論各種微妙關係如何變化，文文不致讓自己落入境地，開始想著維持最低限度、避免自己心累的事。大一下快結束前，住宿女同學紛紛討論下學期住處安排，一邊續住抽籤、一邊在外租房，少數表明和男友同居。雖然繼續住宿舍對維繫情誼很有誘因，但實在太累了，想留給自己多一點空間。其中一圈朋友問：要一起租同一棟、但不同間的單獨套房嗎？文文答應了。

「可以講電話一下嗎？」思緒拉回正在和奇奇丟訊的現在，半夜快要凌晨一點。奇奇忽然這麼問。「好啊。」一會兒通話要求顯示在手機面板。

「怎麼了忽然？」

「沒事，只是忽然想找個人說說話。不好意思有吵到你嗎。」還沒答著不會，奇奇又繼續講著一些不關痛養的瑣事。聊了幾分鐘後，互道了晚安。

真是乖巧，連偶一任性都這麼體貼，文文心想。

沒知道的是，掛掉通話後，奇奇鑽進租處房間被窩裡。抓著棉被，想著剛才由文文傳遞而來的溫暖，從釋放哭著趨緩，冰冷逐漸驅散，才終忘記一切，順利入睡。醒來後，一切會稍微好轉的。奇奇不斷心理默念告訴自己，趕走想割劃自己才能消除的疼痛。

※

「ㄟ……跟你說哦」文文忽然講起。

「前幾天在巷子，看到有人在路邊放下一個紙箱子，又騎機車離開。稍微一看，才知道剛才那個人是在丟貓。」

「靠近時聽到小貓叫的聲音，大概六個月大，已經斷奶。但宿舍不能養，也趕著去上課，沒時間稍微餵牠。下課回來看，紙箱已經不見了。」

「也許被人撿去，準備要找領養吧。」奇奇回說。

「大概吧。只是晚上一想到那隻貓的叫聲，就睡不著。總想著當時，若自己出聲制止、或拍下車牌什麼的，也許就不會這樣了。」

「別想太多比較好。人總是先保護自己的。沒能力處理也不要亂伸手。救人溺水也要自己先會游泳呀。沒能力幫忙帶去結紮，也不要隨便亂餵貓比較好。」奇奇想著若是一般人怎麼回覆，一面不懂為什麼文文忽然和她說這個。

文文知道奇奇總是不會主動和她說有關「她」遇到不快樂的事，但總是好奇，卻也不能多問。「唉，你不覺得，整天求所有別人都接受你，卻不過問你也在接受別人。不是很不公平嗎？你都從來不生氣嗎？」繞了好多圈講法，只好直接問起結論。

「不知道耶。也許是早就習慣了。要向誰生什麼氣呢？」奇奇答。

關掉手機畫面，文文在睡前想起一些自己忘掉的事。

小學六年級時，文文自己也曾經被班上排擠。雖然只不到一年就畢業、換生活圈了，但那種永遠沒和人講話、被當空氣的感覺一直留在身上。

上國中後，每換一個新環境，文文下意識學會了。附和別人的感覺，交換祕密和獨佔，演出別人眼中的自己。無法忍住把和某人相處時遇到被刺到的不開心，供作和另一人拉近關係的養份。偶爾也會找尋一些對象當話題、以作為彼此的共同感。這些事情就像巡迴一樣定期交替，在不同人面前進行著這些那些，安全感。永遠不會再使自己落入小學六年級時的境地了。

那些被當作對象的倒楣女同學，有的以同樣方法參與交替而沒事，有的忍氣但又不得改變現況的要領。曾經有個，就從此不來上課了。

要向誰生什麼氣呢？說不定文文生氣的對象，其實是自己。

※

下午四點半，穿越洗石子牆面的教學大樓，轉角口撞見了奇奇。「啊」喊出了聲。奇奇正面低著頭趕路回去，抬起了頭，腳步停下來。「要聊一下嗎？」文文說。

一張石椅子坐落在校區與穿梭校門口間的小路間。已盡傍晚，上下課人潮散去，天空濛上一層灰色，大樓間的風將樹葉拂搖晃動。旁邊一隻常被餵食的灰斑胖貓，見瞧兩人並沒有要餵罐頭的意思，不搭理地在旁邊吃雜草化毛。兩人並坐在小路的石椅上，靜默不語。

「我知道你刻意一直不說有關你的事。偶爾可以對我多任性一點哦。只限你可以哦，偶爾。」打破沉默，文文自顧自說起。

奇奇抬起頭似半理解意思，晌了一下。側頭靠在文文肩膀上。高了半個頭的身高差，緩緩起伏的呼吸。原女基礎體溫還是比自己高，文文體溫傳來提醒自己畢竟是個缺陷品，又說服自己不要去想那件事。無法化作言語藉距離靠近，活著的累逐漸如積雪般散開化去。二十秒後，奇奇回復了正襟坐，整理下擺，宛若剛才的事沒發生過。

「這樣就好了？」文文問。

奇奇點點頭似作「嗯。」的回答。早已練習自己只要一點點。

「真是乖巧的小孩啊。」文文嘆一口氣。

「我有一個小我兩歲的妹妹。十二歲時被媽媽接走，就再也沒見過面了。」

「嗯？」奇奇不懂。

「十二歲那年，媽媽有交小男朋友的事，被我爸爸發現。爸爸第一次動手打媽媽，媽媽就有一天忽然離開家了。」

「發生這件事後，爸爸還是對我很好，沒什麼改變。只是我默默告訴自己，只要當乖巧的好女兒，爸爸不會再打人，媽媽就會回來了。高中畢業後，心裡覺得媽媽不會回來了。想要大學畢業工作兩年後，就把媽媽和妹妹接回來。」

「啊，原來這就是向誰倒垃圾的感覺。覺得輕鬆一點了。」文文像準備很久地，第一次向某個人說。一次把事情說完，雙手向上伸展深吸氣。

「為什麼忽然跟我說這個呢？」沉默半响，看文文沒有要繼續說下去的樣子，奇奇問。原來被倒垃圾的感覺是這樣，奇奇第一次遇到。原來世界上的其它人也都有心事。有點不知所措、不知怎麼回應，又有點感到開心。

「別人都知道你寫在臉上的祕密，你卻不知道別人的，這不是很不公平嗎？」文文說，一面踢著旁邊小石子。而且，這人與其它人沒有交集，不會向誰說出去，應該不會有麻煩。

眼前這個人，單純如此，是絕對不會傷害我的。

※

期中考後，奇奇找了校外附近的打工，一家書店。每週時數不算太多，幫忙收銀、進退貨和架面陳設。避免壓力太大，這學期修課學分數較少，還算有餘裕。找圈內姊妹前輩聊聊，也覺得若別太累、建立新人際圈不壞。「蘋果要放在不同籃子裡嘛。與其成天擔心自己無法控制的事，不如專注在自己可以掌握的事情上。」為什麼是蘋果呢？

店裡同事不全是校內學生，也有校外生、居民和其它學校的，奇奇感覺比較輕鬆。也沒多問什麼，大概因為只是打工。奇奇其實也不知道別人到底知不知道，懸在那裡感覺不太適應。事情似乎是這樣：有時刻意怎樣反倒不順利、有時沒刻意如何結果反倒很順利。打工熟悉後，好像連去學校上課也沒那麼累了，出門前的儀式和回來調適少了不少。

「你最近在忙嗎？」文文傳訊息。

「哦嗯，之前找到了打工。怎麼了嗎？」奇奇問。

「忽然兩天沒傳訊息，不太習慣。」文文回。

這樣啊。奇奇想了一下。「後天下午可以碰個面嗎？」奇奇也是第一次認識新圈子，不太適應新的距離。

「那去『狐狸鏡子』好嗎？新開的餐廳，店裡很多動物小物。」文文傳來店家臉書上的菜單。

※

奇奇正坐在文文隔著桌子對面，盯著菜單。總覺得最近奇奇好像輕鬆點的樣子，像哼著無聲的曲子，若有尾巴大概悠哉地搖晃。

「哪是很多動物，根本全是狐狸嘛。老闆是狐狸控嗎？」奇奇低聲抱怨著，牆上照片、抱枕，全是各種狐狸。點完餐後，奇奇下意識地拿起放在桌上的琉璃飾品，一隻七公分高的坐姿狐狸把玩，透著深藍色和透明的漸層。

看著眼前奇奇玩耍琉璃飾品的樣子，文文自顧自地講起話來。「人都喜歡毛茸茸的動物。但中國和日本自古以來，對狐狸一直有兩種形像。一種是幻化成美女，魅惑男人，然後再把人的精氣吃掉。」

「是壞的狐狸呢。」奇奇聽著。

「一種是努力修練，聚集丹氣，積功德。聽說狐狸修練五百年就可以變成人，再修練五百年就可以變成神了。」

「是好的狐狸呢。」奇奇看著送餐上來的蛋包飯，上面又是一隻用番茄醬畫的Q版狐狸。

「牠還會經常抱怨，說我們人類先天條件較好，比較快成仙。為什麼虛度光陰、不好好努力修練呢？」文文意有所指，接起奇奇手上的裝飾，「你看，不是和你很像嗎？」

「有嗎？」

「桌子可以變成動物，動物又可以變成人再變成神。有的女神為了和男人談戀愛、又自甘下降變成人。事情總是變萬幻千，都是人類想法的投射。唉，也許你想成為的東西，其實並不是你所想的那個樣子哦。」

奇奇想了一下，卻沒有頭緒。「不知道哩，遇到時再說吧。」心血來潮，離開時，文文買了店內出售的狐狸玩偶，說送她、要奇奇拿回去，自己買了隨手環保杯。沒由得考慮接受或拒絕，奇奇就莫名奇妙抱著那隻狐狸玩偶回家。

(下)

下學期期中考週，因為遲交報告，奇奇正拿著紙本到系上系辦。小心翼翼，沒遇到不想看到的系上同學。

投遞報告到老師研究室信箱，奇奇嘆了口氣。趕緊回去吧，避免被撞見。

又是最討厭的春天，一切顯得如此幸福。經過系上教室，透明玻璃看得見裡面光影。似是老師還沒進教室的空檔，同學已入座，但繼續一群群地和認識的人聊著天。奇奇不想看到這光景，但忍不住好奇偷瞄，見尋文文一眼身影。

「你還有跟ＸＸＸ講話哦？」一個班上女同學嗓門大聲，教室外幾公尺都仍聽得到。幾群圈中其中一圈的大姐頭。奇奇隔著很遠，不被發現地往內瞧。見到文文正和剛才講話的女同學，竊耳私語幾句。長髮婉約，善解人意，替周圍的人著想，一如奇奇所依附的那樣。一陣子後，惹得整圈人一齊哄堂大笑。老師進教室後才鴉雀無聲。

奇奇想不起來自己是怎麼撐著走回家的，中間記憶遺落喪失。只記得爬樓梯回租屋套房時，手壓著自己心房。關起門，與世界重新隔絕，全身止不住顫抖，坐倒哭泣。床上擺著那隻狐狸玩偶，內裏棉花被胡亂剪開，棉絮亂成一團。一回過神自己在做什麼，又抱著殘破的玩偶擁哭入懷，又再把它刺入剪亂。對世界的信任瞬間摧毀、力氣如被抽掉般倒塌。文文那時究竟說了什麼，不願去想又無法不去想，卻又找不到不再感到疼痛的方法——

奇奇忽然平靜下來，決定裝作什麼事也沒發生。

※

傍晚文文上完課，正準備回宿舍。天色昏暗，回行的小路人潮稀落，文文抱著書，沉浸在自己世界。

「喂，陪我們好嗎？」沒注意到後面有人，已經離自己很近的距離。眼前是兩個沒紮衣服的年輕男性，似是鄰近他校學生。文文回頭望一眼，快步表示閃避，搭訕者卻向前更靠近。文文一面用後背包擋著，想著下一步該怎麼辦。

忽然旁邊一台駛過的車，停下在旁。「學妹，怎麼了嗎？」駕駛開門下車，向前關切，是一名年約壯年的男性。搭訕兩人見裝，馬上快速離開。

釐清眼前狀況，冷靜下來後，文文向下車前來幫忙的男性答謝，沒多想就禮貌性的問了要否請他吃飯，充作答謝。

隨後附近一家附冷氣的番茄麵店入座，簡單聊了一下，他是畢業校友，已工作多年，受系上邀請才剛好回來。穿著整齊的白襯衫，身型中等削瘦，左手戴著英式錶。不自覺地聊起學校附近變化，哪些店還在，聊起老師，聊起畢業出路，又聊起最近電影。不知覺時間已過。

道別時候，男子問了基於答謝這頓飯，後天回請看檔期中的電影。不知覺地換了 Line，頭像上他叫 C 。

週末假日，文文穿著長裙和素色 T 恤，等著 C 的車子接送。踩了 Line 裡討論的點，美術館達達主義展，華山台灣漫畫特展，長春戲院的文藝片，餐廳吃飯。已經記不得了，只記得車上的C，車內散發著古龍香水，音響播著舒曼古典樂樂唱片，手指和身上留著重菸菸味。只記得一整天C和她講話時，都要愣幾秒才反應過來。

在院廳燈光變暗後，想起剛才在戶外椅子上等著C買飲料，文文想起小時候的事。好像是全家一起去遊樂園玩，媽媽帶妹妹去廁所，爸爸去買著冰淇淋，文文坐在長椅上乖巧等待。不知為何，當時爸爸向文文走過來這一幕。

晚上九點，C載著文文回來，下車道別。「下週四我剛好特休，可以再約妳嗎？」搖下車窗，C問起。車已駛離，文文發現自己耳根發燙。

※

小考卷紙在眼前，盯著卷紙在發呆。幾分鐘後文文才發覺自己盯著卷紙上的空格在發呆，現在在一堂下午課堂的教室裡。上次和C約會完，無論何時何地做什麼，心裡都是那件事。

不論做什麼事，找誰說話，都無法讓這件事從腦海中丟開。幾天下來暴躁，文文關在自己房間床上，喝著帶回來的手搖杯，卻還是無法讓自己冷靜下來。

文文決定和男友Ｄ打電話。

「怎麼了？這時間忽然，真不像你。」手機傳來男友Ｄ的聲音。數字時鐘快凌晨一點。

「沒事，心血來潮，想說看你在幹嘛。」文文不帶表情地說。沉默了幾秒，像終於想起話題般，「考試準備得還好嗎？」

「還可以，每天都在圖書館。你呢？下次語言檢定考試什麼時候？」男友Ｄ回話。

Ｄ是文文大一時系上聯誼認識的，是別校法律系的，比她年長兩歲。當初好像也是因為旁邊的人起哄，順水推舟就在一起了。交往一年後，文文也見過了對方父母，Ｄ的爸媽很喜歡她的樣子。說好了Ｄ一考上國考，就馬上結婚。

「那個……」想不太起來上次講話隔了多久，文文覺得有話要講又噎住。

「怎麼了？」D問。

停了半秒，「沒事。晚安吧。考試順利。」文文收起話，回復原本冷漠表情。掛了電話，文文躺在床上看天花板發呆。一點幫助都沒有。

凌晨兩點半，文文被剛才的夢嚇得驚醒。

文文夢到是六歲時候的自己，半夜睡醒起來找媽媽。稍微靠近房門，看見媽媽在父親身上，父親光著上身抱著媽媽，小文文只看到父親裸著的肩胛骨。下一幕，在爸爸懷裡的人切換成六歲時候的自己。

好不容易才睡著，根本睡著沒多久。為什麼會做這種夢了？

稍微平復之後，文文回想著自己並沒有恨媽媽，只是為什麼帶走的不是我，是妹妹，是不是自己做錯了什麼。也恨媽媽為什麼交小男朋友，為什麼要做這種事，原本的爸爸才會變那樣。

別無選擇，答案只有一個。

※

週四下午，C問了要去哪，文文不想再逛文青景點了，脫口說了動物園。文文穿著白色小洋裝，擦防曬，戴草帽遮陽。文文其實什麼動物也不想看，只想走走看看，和男人走在一起，走著邊吃冰淇淋，隨意在草食動物區各點踩踏。

晚餐後，C問了送妳回去嗎。「今晚不想回去。」文文用略帶發抖又故作隱藏的聲音。車上沉默，C搖下左邊車窗，點起一根菸，文文拉攏下身的裙擺。

結束時，分不清是男人和文文的汗水疊合，男人先去沖洗。文文手靠著額頭、仰望天花板，黑眼珠閃爍，視線無比澄明，看不清的事情終於看清楚了。自從媽媽離家那一天，活著無時無法擺脫的陰鬱終於釋放了。實現了一直想做但對自己否認的事，也分清了什麼是真、什麼只是慾念的替換。

簡單梳洗完、穿戴整齊，文文丟下了男人沒說一句話，自己走出房門、走出賓館，自己叫了計程車回家。

※

「可以來我這邊一趟，見個面嗎？」男友D問。過了五天，文文照常生活上課、下課，似沒什麼改變。

打開D租的套房房門，和式桌上擺滿半打啤酒，已經空了兩、三罐，桌上中間擺著一份牛皮信封。「已經放榜了嗎？」文文放下肩包，順手拿起信封，灑落了一地不想被看到的場面。

一落照片，是那天穿著小洋裝的文文牽著C的手，反手交扣，進賓館櫃台的連續拍攝。

「還有要說的嗎？我們分手吧。」男友D說。

文文一時千頭萬緒。奪門而去，冷靜下來後，仔細回想，最近事情發生的前後順序、前因後果。

答案只有一個。

※

「上週四『性平與情感教育』的課，老師竟然放《戀夏 500 日》給我們看，要交心得，好好笑哦給學生放這種東西真的好嗎。」文文照常在 Line 上聊天。

「好像有看過。因為非交往關係上床嗎？記得男的心碎摔盤子很爆笑。去年修的時候，竟然放《羅丹的情人》，演卡蜜兒因為愛情住進精神病院的故事，超驚悚的。比墮胎影片還勸世。」奇奇回著。

「還有同學提議要不要跟《席德與南西》一起看，超鬧的。好像是電影社的同學。」

「妳上週四不是出去嗎？」

「你為什麼會知道？」

已讀。沉默不語。

十五分鐘後，文文在奇奇租屋處樓下附近等待。碰到面，直接當街講起話來。

「你為什麼要故意害我？」不顧素顏又頭髮很亂，文文當街喊著。巷口經過路人轉頭看了一眼離開。

像已經準備好般，奇奇等著這一天，把『撞見』那一天累積以來的心情喊回去，「我看見妳在班上怎麼講我了。」

文文將聽見的話轉換成意思，『啊』地好像稍微理解、奇奇口中在講的好像是指什麼事了。露出理解的表情後，隨即轉為『你知道的，不是那個意思』的表情，但適切的言語卻無法脫口而出。

見著文文不知所措，奇奇繼續喊著，像要把想法一次倒盡。「妳是因為同情、維繫妳的自我感覺良好，當初才來和我認識的對吧？」

文文反激回去。「所以你就因為這樣害我嗎。看錯你了，虧我那麼相信你。因為那事，為什麼不直接過來和我說？」

「這種事是直接說就可以說的嗎？我也沒辦法，除了這樣做，沒有別的任何方法了。」奇奇咬著牙。

「那，這樣我們算扯平了嗎？」文文丟下這句話。

※

「先說好，當初分手時錯的是我、愧疚於你，我才幫你的。」C來找奇奇房間。C是奇奇一年半前交往的前男友，當初濃情蜜意山盟海誓，後來C喜歡上別的女生而草草收場。「這樣真的沒問題嗎？她不是你朋友、很要好嗎？」

C抱著說不出任何話、不斷哭著的奇奇，只好不斷耐心安撫。奇奇問不出口『你覺得她怎麼樣？她還好嗎？』從C得知她的事。想說出又無法說出口的是，好想見文文、好想再像以前曾經那樣每天聊天，不愉快的事不曾發生過。

也不是不能替文文著想——像我們這樣的人早就一整天活著無時無刻替世界著想、覺得是不是自己先有錯——但誰來替自己著想呢？如果不是因為文文，奇奇是不可能仍活到今天的。是因為文文在，好不容易改掉了用傷害自己感覺還活著的壞習慣——以為這樣懲罰自己，就能殺掉自己討厭又不願是的那一面。用沉溺黑暗來治療自我，結果更加劇烈損壞。

傷了她，奇奇心裡不忍。但也低不下頭來，再回去找她。沒有別的選擇——當初要不是選擇要這樣做，是不可能稍微好一點、活過來的。不是無法揣想文文那樣做的理由，但就是一丁點無法忍受。也覺得自己真是犯賤，為什麼要依附著她、信任世界上任何一個人，簡直是把心赤裸地放在別人面前，任憑嘲笑。

現在說什麼都來不及了。

※

三個月後。前男友D打電話來，說自己當時提分手時太激動了很抱歉，什麼也沒說，沒把話說清楚。可以見面說嗎。

約在一家咖啡廳。D坐在正對坐的小方桌對面。文文入座，平靜地點咖啡。對面的D似乎沒有要提復合的意思。被抓到這種事，文文自己也沒臉說什麼。

D雙手食指交扣在桌前，像想了很久要說什麼了但還是要鼓氣起地醞釀心緒。終於抬頭看著文文。「看到照片時，我其實心裡感到很高興。」

「咦？」完全和文文預先想的場面完全不一樣。怎麼回事？遇到綠帽控嗎？

「身為男人，當然還是會有受傷的感覺。可是看到照片裡妳牽手緊扣、堅定的樣子……老實說，認識妳到現在，我還是第一次看到這樣的妳。『原來你也有這一面啊』的感覺。」D略帶自嘲口吻地說。

「和我在一起的時候，雖然妳總是親切禮貌，但停下來不講話時，總是感到妳總是心不在焉、人並不在這裡似的。應合著我的點餐，應合著我的所有安排，應合著我父母……妳像在應合著全世界對妳的期望。和妳講話，說不出哪裡怪，但總像隔著一層距離。」

「原本我以為，是不是我很無趣，跟我在一起很無聊、讓妳不開心。努力學了講笑話，發現沒有用。也許是我和妳的關係，在一開始就定型了，之後不管再做什麼都沒用。」

「我連妳喜歡什麼、想要什麼都不知道。偶爾試著逼妳，妳也只淡淡地抱歉地笑。」

「看到那照片，我不知道到底發生了什麼，但感覺妳變得不一樣了。我很為妳感到高興，老實說。」像結論般回到開頭，D說完了。鬆了一口氣，終於有結束的藉口。付了最後咖啡的錢。

直到最後，文文連『對不起，讓你感到這些』也沒說能出口。

回到自己房間，睡覺時又被哭著醒來。文文想起了和D交往時的一些微不足道的瑣事。有次文文感冒而必修課請假，D不知從哪聽到消息、忽然衝過來，急切地問著要吃什麼口味的粥。明明也是被父母照顧、沒什麼下廚經驗，手忙腳亂地弄著鍋子的模樣，惹得文文發笑。

某些覺得D很可愛的時候，有時經常差點、逾越自己樣子以外，卻又總是差那麼一點、還是始終未逾出的那一步。

要是一切可以重新來過、自己不是用這個樣子對他就好了。自交往以來，文文第一次、也是最後一次為了D而哭。

※

「發什麼呆，你又談新戀愛哦？」

女同學打斷文文的發愣。文文帶女同學來『狐狸鏡子』，人世變化，沒有什麼事情是永久的。沒有什麼是專屬，記憶可以被任何新的關係覆蓋，人可以隨意替換。拗不過八卦，還是讓女同學知道自己已經和D分手了。但D和奇奇似乎沒有向任何人洩露原因。

文文盯著桌上的琉璃飾品發愣，被打斷發現自己在幹嘛後，溫柔的笑了起來。想起那天奇奇玩耍這琉璃狐狸的模樣。和奇奇的所有事，也是文文第一次無法和身邊任何朋友說。

沒有什麼是一定的。世上也有另一種生活方式，不用永遠當著爸爸的乖女兒。安全感足夠就好，收拾起沒有必要的人際關係。

現在想什麼都來不及了——已經沒放在心上奇奇對自己做的事了，自己對奇奇做的事，仍暗自感到愧疚。但是，捫心自問，如果事情再重來，自己一定還是會那麼做。自己無可救藥地就是那種人。

奇奇說過覺得自己沒資格向我撒嬌。說不定，沒資格和太單純的人做朋友的，其實是自己。

原本單純如此的人，不知不覺，奇奇已經是『這邊』的人呢。已經不能再把奇奇當作『那邊』或『兩邊之外』的人了。究竟是好是壞呢，不知道，說不定奇奇自己也感到高興呢。那樣不錯。世事沒有什麼事情是永遠不變的。

說來好笑，把奇奇帶過來『這邊』的人正是自己，自己卻成為奇奇變成『這邊』時，第一個犧牲祭品。想起以前奇奇講過有關貓的事，說沒被抓傷的心理準備，就不要亂接近兇人的瘦弱小貓。有個同學也這麼勸自己，說他好心接近誰，結果下場很慘。自己沒想那麼多，當初也許只是因為百般無聊——也許也沒那麼後悔。也許有一點驕傲。

倒頭來，奇奇所做的事，但做出選擇的終究是自己。那時的C溫柔體貼，給出邀請，但始終保持原地，每一次向前一步的確實是自己。自己為什麼會變那樣呢？說不定D沒說錯，自己這次做的事，比決定晚餐要吃什麼更加堅定。

說不定，自己也是受了奇奇影響。文文這麼想的同時，又笑了出來。

※

奇奇帶了新認識的人來『狐狸鏡子』。打工地方認識的客人，幫客人找書，不知覺就聊開認識了。裝潢和菜單依舊，奇奇卻下意識尋找文文的身影。身邊朋友在講話，奇奇經常忘記聽，滿心裡想著文文。

和眼前新朋友講話時，總想起以前文文的影子；發現新朋友身上與文文確實不一樣的地方時，又更加想念文文。

沒別的辦法。離開餐廳後，奇奇又繞回來店裡。打烊前二十分鐘，音響傳來1976樂團主唱阿凱的嘶吼，「人際關係真的是難解的課題。」等到沒什麼客人時，奇奇鼓起勇氣，向前問起認得自己的店員。畢竟，兩人沒有其它共同認識的人了。店員說她是有帶其它朋友來。

不知所措，只好和圈內姊妹聊。奇奇把事情經過一五一十全盤托出，對方聽著沒什麼要評價的意思。見著沒有誰對誰錯的評價，奇奇又繼續接著，講自己最近困惑。比方，最近打工認識的朋友，不自覺距離拉近。如果是以前的自己，應該很快又會變那樣。但對方到某個氛圍時說出『要不要來我家』之類更親近時，自己卻變得下意識地想推拒、逃開。奇奇覺得自己狀態很矛盾，一面還是想需要人，一面又沒辦法再完全信任任何人。

「一朝被蛇咬，十年怕草蛇。」姊妹終於講了感想。「像我們這樣的人，容易得失心太重、全有全無。一般人的人際關係，不也是如此嗎。只是因為我們自己的不一樣，把事情放太重，鑽牛角尖。遇到任何不如意的事，就先往心裡自己最在意的那個點去想。無可救藥，又無法逃脫。」姊妹厭煩地講著。

「當然啦，要把『這個點』從關係中拿開，也是不太可能。」圈內姊妹繼續接著。「只是，當你選擇決定『那麼做』的時候，應該你自己心裡早就已經有答案了吧？」姊妹像挑釁般地說。

「嗯？」

「問了一些圈內人，大家其實或多少會遇過這種事。明明和你很要好，卻整天踩你地雷，讓你恨得牙癢癢又捨不得翻臉。但沒有人會想得出你那個做法的。」

奇奇驚訝聽到。「是那個人教會你這麼做的嗎？」

「……」奇奇沉默，無法辯駁。

「也只能帶著這件事，繼續生活下去了。」像是結論般。

※

大四下學期，開學三月。大四生學分已經修得差不多，上課數變少，徬徨或忙碌於自己接下來規劃。

文文風塵樸樸，抱著課本邊走著、托著頭想事情。奇奇頭暈走著，沒看前面的路。「啊」、正在一個樹蔭下的小路，周圍沒有別人，也沒有其它方向。那種說『對不起我走錯路了』的藉口也沒有，碰巧遇到。

兩人驚訝了一會，然後尷尬，然後平淡。

「要聊一下嗎？」文文說出。

一起走到校門口前的那張長椅上。前處被餵食的貓又換了兩代，不知道毛色是否是遺傳呢。春天風吹起，新鮮綠葉飛過，打散冬天結網，原先人際關係都已無所謂。沉了比半响更久的時間，比漫長更快，又比一瞬更漫長。兩人各自低著頭看腳下眼前的碎石地。不遠處的貓還是沒有要搭理他們的意思。

「那個……」奇奇先打破沉默。

「原本我以為，只要自己打扮像女孩子、聲音聽起來像、舉止看起來像，就是真正的女生了。後來才發現並不是那樣。」奇奇轉著手上的手環。「根本不懂世界上的女生就是經常要那樣。還沒想著自己也要那樣嗎前，不知覺就已經自己變那樣了。」

文文聽了笑了出來，跟著講著。「有時很羨慕你，可以不用管複雜的人際關係。可是後來覺得這羨慕的心情也很無聊。你也會有你的辛苦吧，雖然你自始至終從來沒跟我講。」文文放下書本，站起來吸一口氣。「但人總是無法相互替換彼此的人生過活。只能偶爾交換什麼，然後各自繼續下去。然後一切依舊，又有一點不一樣。一點點。」文文想牽起奇奇的手，又作罷。

沒有誰愧欠誰，誰向誰道歉。沒有誰怎樣怎樣，他怎樣怎樣。沒有言語也沒有理解。比閨蜜更近，比朋友更加遙遠。

「週末要一起去『狐狸鏡子』嗎？那間店頂讓換老闆了，裝潢有些改變，但也有些原來的。」文文像忽然想到地提起。

「好啊。」奇奇說。

（完）

染色

染色

染色

染色

(01)

阿真感到飢寒交迫。

剛滿二十一歲生日，阿真原本是會計系大二學生。寒假結束時，忽然被家裡中斷生活費供應。父母對阿真一年多未剪的散亂長髮念念有詞，男生留什麼長髮。直到父母發現阿真的看診記錄，一氣之下把它趕出家門。

沒有存款和收入，付不了學校附近下學期的預付房租，註冊學費也沒著落。父母還在世，沒有父母簽名也無法申請就學貸款。阿真把宿舍裡不多的雜物直接丟棄，向房東領回一個月押金。租著廉價旅館，吃著整箱泡麵二十餘天，直到再也付不起，流落街頭。

阿真身上穿著破洞薄外套，在三月晚上的街頭略顯寒冷。無處可求。距離上次吃東西是兩天前了。

門口的大理石推門，花盆飄散一陣清香。搖晃著身軀，意識逐漸模糊，阿真最後倒在一家店門口。

※

阿真睜開眼，意識到自己躺在一張黑色沙發上。「它醒了。」旁邊一個不高不低的似男聲音傳來。阿真費力地撐起身子，想起自己才沒進食，幾沒力氣。待不致再倒地、能聽人講話的樣子，剛才旁邊的聲音用和緩的語氣說著：

「你倒在我們店門口。還記得嗎。我們不知道你是什麼事，也沒有閒暇力氣管那麼多。桌上有盒便當和礦泉水，你先把它吃了。吃完後，你可以選擇離開，會給你一筆車馬費，但你要好好想想該去哪。或著，」阿真餘眼看著講話中的男人，穿著筆直的白色西裝襯衫，乾淨無垢。

「或著，如果你想留下來，必須接受我們老大的『面試』。老大面試後同意，才可以留在我們這裡。」

講話的男性完成最低限度必要解說，結束談話。阿真拿起便當，用發抖的手打開盒蓋、免洗筷，狼吞虎嚥。差點被嗆到，用全身力氣扭開水的蓋子。剛解說的人站在一旁，和正前方眼前一個坐著的人一同沉默等著阿真吃完，雙手交叉，不發一語。

「考慮好了嗎。」阿真吃完餐盒，喝完水，血糖稍微回升，手不再顫抖。阿真邊吃時邊想著，有得選嗎，已經沒有可以去的地方了。

「可以讓我試試嗎，我想留下來。」阿真正襟坐正，回應望向前方的人。

阿真猜想前方的人應該是這裡的老大，坐在一張大辦公室桌的老闆椅上，桌上煙灰缸滿灰。目測約不到170公分，骨架剛硬，但似比一般男性窄肩些。皮膚曬得骨銅色，雙手臂肌肉結實，臉上有著許久以前的疤痕。

老大沉默了幾秒，麻煩似地考慮著。「好吧。阿竹，你先離開，剩的我來。辛苦你了。」剛才解說的人叫阿竹。阿竹向老大作了手勢後，離開帶上房門。

「脫掉衣服。」

幾坪大不到的房間，剩下阿真和前面這個人，耳邊剩似遠方的不知名機器運轉聲。「蛤？」阿真愣了一下，沒會意過來。

「脫掉衣服。剛不是說了嗎，想留下來，要接受我的『面試』。全身。」這個似這裡老大的人，不耐煩地再解釋一次。

阿真會意過來，眼前這人的口氣，想起自己無處可去的緊迫，立刻脫下薄外套，依序雙手由上脫掉 T 恤、褲子和底褲。現在的阿真全身赤裸，正襟坐回剛才殘留些餘自己體溫的沙發凹痕上。不敢像原先一樣靠著背，只坐了三分之一。

眼前這人起身離坐，慢慢走近趨前，在阿真前方蹲下來，「閉上眼睛。」阿真遵照指示。

即使情勢所逼，仍有些害怕。不僅是第一次赤裸在別人面前，也不只是因為陌生人，阿真平常就害怕看見自己身體。阿真身高近 170 公分、身型瘦小、皮膚死白、臉型削瘦。下體陰莖萎縮，但陰毛稀疏。脖子的喉結也不明顯。臉上的鬍子也短似淡薄，即使沒刮，沒被盯著仔細看也看不出來。因為自十二歲的『那個事件』後，阿真的第二性徵發育就啪一聲地嘎然停止。

阿真閉著眼睛，感受眼前這人的氣息靠近。感到他碰觸自己胸口，忽然像暗流般被前方的手吸去，阿真感覺到由對方的手傳遞來的東西。

那像是意識般的曖昧不明，尚無法形成任何故事框架。隨著從阿真皮膚實際感受的觸感，這人的手指粗糙，但卻帶著流動似的東西。隱約有著曾經讓無數女人感到開心與難過、而那些女人也經常讓這手指主人感到無限悲傷。

「結束了。」像啪一聲流通中斷，阿真從被暗示般的朦朧中醒來。老大丟過來一件寬大白色 T 恤上衣。阿真拾起穿上，空隙寬大但肩寬剛好，下擺長到快要接近遮住膝蓋。

「你留下來吧。明天起讓阿芳、阿雀帶你熟悉環境。」

(02)

阿芳拉著阿真的手，到處轉來轉去。

阿芳約只身高 155 公分，臉頰圓潤，拖著禮服的尾巴踩來踩去，逢人皆大聲招乎，講起話來響徹包廂。原本阿真以為阿芳只對它這樣，才發現是對誰都這樣。

大概是太常收留來路不明的人，人事流動率高，角落有一堆可以隨便拿的衣服。阿真也不是被找來做小姐的，便只拿了中性的扣子格紋襯衫，綁起馬尾戴眼框。

跟在阿芳後面，阿真觀察大概理解了這裡狀況。老大底下這家店，在紅燈區周圍，每天傍晚開店準備，晚上八點客人依序進門，凌晨一點陸續送走上班客人後只剩熟客或自己人。小姐、圍事和行政有各自的管理系統。阿真被同意留下來，主要幫忙接手會計。前一個會計離職，忙不過來。

阿芳雖然不管事，逢誰都笑臉迎人、熱情直接，很討一些客人喜歡，見到男熟客會整個人貼上去。連和周遭鄰居打交道，付公設電費、倒垃圾聊天之類，都是阿芳出面，應付得服服貼貼。

阿芳雖然大聲嚷嚷，但並不是管小姐的人。年紀約只十八、九歲。她在這裡的身份，是老大阿峰的女人，圍事都叫她「嫂子」。她身旁帶了一個約莫三、四歲的小孩，但阿芳忙進忙出，其它店內直屬小姐或阿雀會幫忙帶。有時會命令圍事去買菜，在傍晚開店前下廚煮菜，小孩、老大阿峰、圍事或提早進店的小姐一起吃。

阿真暗自困惑著這奇妙組合到底怎麼來的又不好意思問。只好有次獨處時，向阿芳問起，「這裡可以遇到很多男人，為什麼決定跟阿峰在一起呢？」

「我知道啊，偶爾也會忍不住跑去和帥的男客人出去玩。但我不會再亂來了，因為阿峰對我很好啊。」阿芳一面幫小孩換衣服一面說著。

「而且只跟阿峰做，就不會再懷孕了。」

※

阿雀拿著一疊資料，把 POS 機的數據轉成後台試算表，對著電腦螢幕，手把手教阿真如何製作月營業報表。

阿雀有著 163 公分標準身型，夾著鯊魚夾，穿著寬鬆居家服，在客人離開後離峰時段的員工室。阿雀偶爾人手不足時會幫忙上班，但更多時候是在打理直屬正職小姐的生活起居作息。二十五歲以上的成熟懂事不用囉嗦太多，臨時請假也會打電話來說一聲；更多時候是二十歲前後的屁孩，經常無故蹺班人間蒸發，整天圍著男生轉。阿雀只好耳提面命但又不能太說教，苦口婆心說著自己經驗和在圈子裡看到的事，年輕玩樂可以，但偶爾要多為自己的未來著想。

阿真把這個月的消費紀錄、人事等支出成本做成了月營業和毛利分析表後，阿雀點頭稱讚，「下個月就交給你吧。明天再教你怎麼做酒類、冰塊往來供應商的應付月結算。」一面說著邊收拾起電腦。

「阿雀姐，可以聊一下嗎。有點想知道有關阿芳的事。」阿真問了出口。阿雀露出終於問了啊的表情，在房間的小茶几倒了兩杯熱茶飄然坐下。

「阿芳是老大三年多前撿回來的。」像回想起好久前的事一樣，阿雀姐繼續說著。「那時阿芳高職二年級，不太懂事情，勉強才沒被留級的。整天愛玩，經常蹺課被不同男生用機車載出去玩，結果就懷孕了。」

「和這裡見太多的故事沒什麼兩樣。一得知阿芳懷孕，那個沒有經濟能力的男孩子馬上就跑了。學校裡的老師們，覺得自己校內的女學生懷孕了很羞恥、不知檢點、有損校譽，集體想把她逼到弄退學。阿芳不知哪根筋不對，很堅持想要生下來，還拉著班上閨密女同學一起反抗老師。」阿雀姐點起菸，一臉覺得驕傲的表情。「家裡也沒能幫忙，阿芳父親早不在了，母親也不知去向。幾經輾轉，就到阿峰這裡了。你知道的吧？」阿雀挑著眉，問阿真是否知道『那個』。

阿真多少知道的。阿真住在老大阿峰租下的整層套房，和一些管理階層住在一起。有時在淡季週末下午，會聽到阿芳在老大阿峰的房間裡，床陣得滋滋作響，叫得好大聲。阿真原先不知怎麼一回事，探頭望瞧，「不要管閒事」就被阿竹驅走了。阿真隔著房門聽著，臉紅了起來。

「如果不是阿峰把她留下來、綁住她，這樣的人下場很慘的。」阿雀按熄菸，語氣卻溫柔。

「那個……，阿雀姐又是為什麼留下來呢？還經常幫忙照顧阿芳的小孩。」阿真小心地問著。

「我是喜歡男人哦，不算是這圈子的人。」阿雀連忙撇清。「只是……有點感到羨慕。像阿芳這樣，樂觀開心，每天什麼煩惱都不用想，年紀輕輕就自然地有自己小孩，還有人照顧。」

「羨慕……？」

阿雀姐閉起眼睛，深吸一口氣。「我是先天性無陰道子宮症。名字很難念，對吧。還是有經期，會發育，皮膚滑滑的，和一般女生差異不大。」阿雀低頭瞧著自己胸口。「只是沒辦法和男人陰道性交。找男朋友比較麻煩，要讓對方接受我用手、嘴幫他或從後面。只是到了論及婚嫁時更麻煩，要確認對方家裡是否可以接受不能有小孩。因為……，也沒有子宮。」阿雀姐一口氣說完。不知向誰說明自己第幾次了，努力想顯得輕描淡寫，阿真聽著卻仍有一丁點心痛。

「蛤……」阿真突然冒出一句，也緩和變得沉重的氣氛。「那不是和『我們』這種人，很像嗎？」

「哦，真的是耶。」阿雀笑了出來。

(03)

老大阿峰手下的場，都是阿竹管的。

阿峰名下目前有二家店。一家是位居紅燈區邊陲的酒店，做男客生意的，不求賺大錢但路線有一批固定的老客人。一家是 Pub，給自己人喝酒休閒，只有酒保公關沒有陪侍。別家店很多小姐，下班後為了宣洩上班時被男客欺負的怨氣，又把賺的錢拿去欺負男公關。阿雀幫忙勸旗下小姐少去男公關店浪擲千金，圍事也幫忙讓男客不要讓小姐上班累積太多情緒壓力。下班沒地方去就去自家人開的 Pub，酒水半價。

小姐以外的事都是阿竹管的。阿真本來也不知道，原來世界上有這麼多踢，高中就中輟了沒地方去，領低薪被各種老闆欺負。老大阿峰雖然撿了幾隻留在這裡，年紀小的還是不太穩定，交給他的事吊兒啷噹，瞞著大家去把其它店的女人，欺騙人家感情、借錢不還又人間蒸發，結果對方店的道上勢力找上門。

既然經過老大面試，阿竹也只能耐著性子帶。阿竹一面管理下面年齡分佈廣的踢，一面和阿雀這邊、會計與行政溝通協調，一面又要把店務情況向老大稟報。阿真看著這個外觀年約三十歲出頭、斯文有禮、進退得宜又從不過度洩露自己情緒的人，暗自感到佩服。偷偷向店內所有人打聽，沒人知道阿竹的私生活心向誰囑。

有次在開完店務經營會議，阿真忍不住問著：「阿竹你有交女朋友嗎？」

「沒有呢，暫時不想。等店裡再穩定一些。」阿竹親切但淡淡的回答。也許有但想低調嗎，阿真想。

「是看這裡太多女人醜態、對女人感到失望了，還是再也不相信女人了？」阿真想學著阿雀姐的表情，輕佻地的問。

「你說呢？」

※

這裡還真是有點老派。

聽說友好的同夥勢力，一直好心地向阿峰介紹新的經營方式。「現在開店，店裡不用留這麼多人了啦。跟經紀合作，他們每天會派你們需要的人數，小姐臉孔經常更換，客人也感覺新鮮。人事費用降低，還不用付小姐勞健保。」

老大阿峰聽著，一直始終搖搖頭。「我不習慣連自己店裡人的臉都記不起來。老了腦袋轉不過來，但出來做還是講道義的。大家有交情，也比較好做事。底下的人信任我、幫我做事，我對他們的前途也有責任。」

夥幫離開後，老大阿峰獨自抽著濃雪茄，沉吟了半晌，拿出資料繼續構想下半年的發展計畫。趁空檔，阿真遞送了上半年報表，

「照顧這麼多人辛苦了。老大為什麼要照顧這些人呢？」

阿峰瞧了阿真半眼，輕視口氣，但還是先闔起資料，再點起一根厚重雪茄。

「十年前，帶我進來的老大揹了案子，進去蹲了。進去的前一夜，他找我單獨吃飯喝酒，語重心長地對我說：『像我們這種人，雖然不能"有種"讓女人懷孕，但也不能讓別人看不起。最重要的是，要有"擔子"。』」

「哦對了阿真，你知道最近那個闖禍的事吧。資金周轉有點緊，下個月開始要做新的業務了，你幫忙跟著，去做追討債的帳。」阿真離開前，老大吩咐著。

「本來不想再做這個的，沒辦法。」

(04)

阿真拿著包包，坐在廂型汽車後坐，跟著圍事外出。天仍亮著不是阿真平常習慣醒著的時間，它習慣在半夜做內務。買了杯黑咖啡仍睡眼惺忪，還好有圍事負責引路。它只要把債務金額、票據、現金和拆帳管好就好。

資深些的圍事按了門鈴，用不大不小的聲音敲擊房門。雖不致驚動鄰居，但略為急促的間隔也讓人感到有點緊張。被討債誰的心情會好受呢。

幾分鐘後，一個穿連身居家服、夾著鯊魚夾的女人開門應門。下午時間仍帶著睡相，應該也是做這行的女人。帶頭圍事報出今天欠債人的原欠款單位，女人會意過來，不急不徐把門鏈解開。

女人引我們入內，幾坪大的雅房，玄關內有著簡單的小茶几和幾張坐椅，阿真亦步亦趨跟在圍事後面。圍事報出目前欠款金額，測試女人還款意願。阿真見著眼前這女人，一面先向圍事虛寒問暖表示歉意，暗示自己還有在上班，一面說著「你們也想收得到錢、向上面交待吧」，最後商量前兩次的還款方式。婉約卻給對方留餘地、主導著整個談判過程。

阿真看著這個骨架小、略為豐腴的女人卻插著腰顯出的氣勢，像被什麼東西打到一樣。那是阿真這輩子未感受到的。

幾天後，一個提早休息的日子，阿真躡手躡腳地溜出去。半夜三點，事先拜託了攤販留了二百元餘的冰魯味，到全家帶了一手啤酒。這行圈子就這麼大，都在鄰近區域。終於走到住宅區公寓樓下，按對講機。

「那個……，我是前幾天來過的……」沒聽完解釋，樓下鐵門就開了。

繞上了樓梯，到了女人住處的房門。一進門，女人看著阿真的臉，阿真想繼續解釋，又被女人打斷，「知道啦不用解釋，我記得你。第一次看到討債的回去時沒破壞東西，還有禮貌的把椅子收好。當然會記得。」

女人似剛下班，卸完妝正看著電視，拿起阿真手上帶的宵夜，兩人對著電視重播戲劇開始清盤。避免尷尬，女人聊著剛才上班發生的不痛不癢的事。阿真問要怎麼稱呼（總不能叫債務人身份證上的名字），女人說叫我阿蘭就好。

戲劇播完，清盤已盡，啤酒也已經喝了三、四瓶。阿蘭拿起搖控器關掉電視，瞬間安靜了下來。「好了，說吧。你為什麼要特地過來？你喜歡我嗎？」

阿真滿臉漲紅，無法回話。

「好吧。我知道了。這樣吧，來，告訴我你的故事。」阿蘭仰頭喝盡倒數第二瓶啤酒，點起菸。「只有祕密可以交換祕密。」

※

那年小阿真十二歲，剛升上國小六年級，在都市的學校。被父母保護得很好，上下學汽車接送，班級也是學校資優班。小阿真稍微長高，才剛換的高年級制服比之前大了幾寸。

資優班的同學們早熟，除了上課之外，彼此間更常交換禁書讀物、聊著八卦事。聽說同年級分班最後一班，有個像『女巫』一般的女同學，外型清瘦、黑色長髮毛躁、衣服卻稍微髒汙，像沒人照顧的孩子。謠言盛傳，靠近她、和她講話的人，就會被詛咒。

小阿真沒怎在意。事實上，也沒怎在意周遭的一切，教室，黑板，桌椅，魚眼般的男女同學，板著臉的老師，從不說話的父母。小阿真始終困惑，為什麼會在這裡，忽然就在這個世界上。

只是，小阿真經常在福利社買投幣飲料、體育課時的用具間，看到她一個人孤伶在某處的身影。不論陽光再燦爛，她的周圍始終滲著黑影似地，旁邊也始終沒有其它人。小阿真想起同班同學的傳言，但總覺得，她是小阿真自有意識以來，第一次感覺到像是存有隙縫似的東西，有著什麼在牽引，打破這個虛假世界的牆。

一天下午放學四點，在學童等待接送區，母親手機通知今天會晚些，要小阿真等一下。二十分鐘過去，小阿真只好提著書包晃啊晃，看著等待區其它小孩都已離開，留下寧靜的校園。

也不是第一次這樣了。小阿真無限漫長等待時，前方那個從未見過她和任何人說話、『女巫』般的女孩，忽然向小阿真走近。掛著淺淺的笑容，「跟我來嗎。」

語氣不像是疑問，而是命令似的。不知為何，小阿真像被暗示般，就隨那女孩走出校門，在街道上晃著。老師、附近同學家長也已離去，沒被熟人撞見。

不知走了多久，二十、三十、四十分鐘似的，已經超出了小六學生平常自己所能移動的範圍。最後走到一個橋邊河堤的大樹下，樹的周圍被茂密的雜草覆蓋。

小阿真隨著前方的女孩，熟練地撥開雜草，雙手稍微被銳利的草劃開，滲出一點血絲，女孩卻不以為意的樣子。女孩高了小阿真半個頭，那年齡的女孩，比男孩子更早發育一些。

女孩到了大樹遮蔭，大字地平躺在草地上。像孩子的祕密基地般，卻只有她一人知曉。小阿真也跟著躺下，看著樹葉，黃昏的陽光已快要落下，晚風吹來稍微寒意。小阿真知道，接下來並不是好孩子可以在外逗留的時間。

不知過了許响時間流過，不講話的女孩忽然撐起身子，雀躍似地喊著，「我們來那個吧。」小阿真並不知道那是什麼意思，只稍微知道有時父母會關起房門不讓它進去，小學四年級時已有女同學胸前微微隆起，男同學講的髒話。隱約知道，但確切來說是什麼仍然不太知道。

小阿真正在想著把疑問化作語句、好好和這個女孩講話。卻不待男孩發出言語，女孩跨坐在平躺著的小男孩身上，用身體的重量壓制男孩後，雙手一下脫起女孩自己的上衣。小阿真尚未反應過來，女孩暗示般地抓著男孩的手，微微撫摸女孩自己的乳房。男孩屏住呼吸，感到自己身體某個部位在微微充血。

女孩玩笑似的倒下，和小男孩相互側躺對望。女孩一面依序解開小男孩制服的扣子，一面向小男孩的褲子往下伸。小阿真的下體生平第一次被某個人碰到，驚訝一跳，正要將困惑化作詞語時，又被女孩打斷。「不用說話哦。」似這個意思，但女孩並未發出言語。女孩一面將小阿真上裸的身體向她自己靠得更近，感受著女孩皮膚滲出的另一個雌性人類的熱氣；一手套著小男孩的下體，熟悉地開始以穩定頻率抽送。

『女巫』般女孩的臉靠小阿真非常近，近到無法辨識女孩的臉孔，只剩看見那慘白似的笑。小阿真尚未發育，只有偶然在一個人在家的下午日子裡，看著電視用腳夾著枕頭不小心發現那樣動作會有快感。不，應該說，在這個不知所以的世界，小阿真像剛出生的雛鳥，不明白自己是什麼，尚不知道事物和事物之間的界線。也許若未被『女巫』找上，小阿真也能和多數正常人一樣成長；不，也許相反。正因為小阿真是這樣，女孩才選上了它。

當界線已先模糊，清晰的意圖正在被全然摧毀。在女孩的施禮下，界線更加淆亂。小阿真只感覺到水流般似的曖昧，像在初生的子宮，母親的擁抱尚未離開之前。在分辨別人和自己之前，在分辨每個她是女孩、混屯不明的自己之前，小阿真感受到下體一陣抽動，什麼東西灑在女孩的手上。

隔天，女孩在這顆無人知曉的樹下，上吊自殺了。

小阿真也是在事後現場被人們發現後，上了新聞和周邊人們口中流傳，推敲事發時間點才知道的。只是，在那個隔天的下午兩點，小阿真一如往常在教室發呆，忽然從坐位跌落下來，失去意識。

在保健室床上醒來時，小阿真尚未知曉、卻隱然全部知悉了。那個『女巫』般女孩活過的一切，已經流進了小阿真的身體裡，從此成為無法捨棄的一部份。

※

阿真向著沉默不語的阿蘭，一口氣說完。從沒向什麼人說，也從沒在腦中想過怎麼將這件事組織成言語。

原本以為要像老大阿峰的能力般被吸取，才會被人知道吧。結果竟然這麼順利。

「真奇特的故事。那麼，」阿蘭點起菸，「你恨她嗎？」

阿真搖搖頭。「我不知道。在我還來不及知道那是什麼前，事情就發生了。只知道從十二歲那天後，我的身體就停止發育了，沒長陰毛，身高骨架也並未像其它男生成長。只是，一直以來，還是找不到自己到底是什麼。只是會經常在身邊遇到的女性身上，看見自己的倒影，看見十二歲時那個女孩的影子。」

阿蘭一臉知曉但又覺得很麻煩的表情，刷牙嗽口、換上睡衣，拉著阿真的手到雅房的臥房。臥房只有兩坪不到，一張堆滿衣服的單人床，梳妝台上滿桌瓶罐。阿蘭滾向熟悉的自己床上，拉著阿真的手。擁擠的床稍微剛好，兩人側躺著正相面對，蜷曲著像將對方抱在懷裡的分隔著。

「十年前的時候，我剛上班沒幾年，忽然被同店的女公關跟我告白。」像減緩緊張、又像兌現交換似地，阿蘭忽然說著。「那時第一次遇到這種事，生平從沒想過自己會跟同性別的女生有什麼瓜葛，就愣住了，完全不知道怎麼回應。如果是被男孩子，應該就知道怎麼反應吧。結果她看我傻了不知所措的樣子，就跑開了，從此再也沒來上班。」

「沒辦法吧，妳從沒遇過，對方心理準備也還不夠堅強的樣子，不是誰的錯。」阿真用所知不多聽過的故事答話著。

「她那時跑掉的樣子，我到現在都還記得。從那時開始，就對自己發著誓，今後不論誰向我告白，不論答不答應，都要好好地回應人家。」阿蘭像說著誓言，忽然又俏皮似地看著阿真，「你呢？不會想要抱我嗎？」順著勢，阿蘭把阿真的雙手帶起向著自己環抱，自己雙手也環抱著阿真。

阿真僵硬地無法動作，在『那次事件』後，阿真從未向誰靠近過。那次後的很久，阿真第一次這麼接近另一個女生，而且還是自己喜歡的人，感受著傳來的呼吸，雙手愣著不知怎麼擺放。「人類相互靠近的姿勢，不論哪種總是很可笑。但那就是人類的宿命。」像說著謎語似地，阿蘭引導阿真靠近感受她的身體。「順著對方，順著自己顯露想要親近的慾望，索求你想靠近但又在你之外的另一個人。」接著話語，阿真向著阿蘭的背撫摸，又停了下來，那是阿真第一次感受另一個女人背的弧度，那是和自己像又不太一樣的。撫摸的慾望不斷探索，取消了距離，但對方肉身的實感始終又在觸摸之外，永遠無法真正企及。阿真無法也不知怎麼繼續，但也無法後退，只想一直停留在這時刻，時光寧靜停留，深深吸在記憶中。

慾望緩和後，只留下了親近。兩人在呼吸回歸平靜後，睡意襲起，一同進入平靜的睡眠之中。

(05)

在那之後，每隔幾天，阿真經常去阿蘭那兒。在凌晨睡前一起聊天，在同一張床上一起睡覺，在下午起來做簡易早餐。

平日時候，阿真有點心不在焉。不完全是心不在焉，事實上，阿真比平常更專心，花更多時間，涉獵原本負責範圍以外的事務；只是，在工作的每個稍微空隙間，稍一休息，就浮現和阿蘭時的畫面。好想立刻見到她，聽到她的聲音，看到她的身影。

阿真去髮型店燙染了平常不太破費打理的中長髮，再去買了幾件新衣。離開髮型店時，稍微動起來的樣子自己也嚇了一跳。

下班時候，準備又再悄悄離開住宿，去阿蘭房間。今天卻被阿雀姐逮個正著，像偷溜出去的小孩被抓到。

「你正在跟誰談戀愛，對嗎？」阿雀姐插著腰問。阿真沒法回答，答案卻寫在臉上。

「第一次？」阿真點點頭。

阿雀姐露出一付很麻煩、懂但唉也沒辦法的表情，懶得理你，放阿真去了。

※

阿蘭幫阿真換上同一款睡衣，一同在床上抱著。

阿真看著眼前著個略顯豐腴的女人，皮膚光滑但帶有歲月，彎月眼掛著眼袋。好幾天了，阿真仍然停在既無法後退也不知怎麼往前的窘境。阿蘭原本等著阿真主動，沒辦法放棄了。在抱著之後，阿蘭主動以手指按著阿真的乳頭，阿真顫了一下。

「沒和誰有過、也沒對自己，對嗎？」阿蘭問，阿真點頭。阿蘭只好示範地，脫下阿真上身睡衣，用指腹在胸前皮膚上滑移，累積快感到臨界點時咬了一下乳頭，吻了一下脖子。阿真接受著，感到快感上升，氣喘呼呼。

「別在意自己究竟是什麼，專注在別人怎麼給予你，就比較容易了。對吧？」阿真露出想問為什麼的表情。

「你們家老大叫阿峰對嗎，一個把自己當男人的鐵踢。以前也和這樣的客人上過床，每天點我台，追了我半年。」阿蘭停下手來說著。「像他們那種人，原本也都是不給碰的。我花了時間說服，用『女人碰男人寬厚胸膛的方式』、而不是碰女人乳房的方式，他就慢慢接受了，覺得自己是個男人。」阿蘭露出厲害吧的表情。「性別其實不是自己給的，是由別人賦予的。」

「阿蘭以前也和女生睡覺過嗎？」阿真接著問起。

「哦有啊。那次被女同事告白後，誰和我告白，我就和她上床了。哦為什麼一堆女的整天向我告白啊？我很 man 煞到她們嗎？」阿真很想點頭但不好意思附和，不是外型而是作風。

「誰和妳告白，妳就和她上床？」阿真驚訝。

「是啊。人活著不過就一副臭皮囊，身體經過誰、愛過誰，沒有任何意義。阿蘭換成平躺，手腕靠著額頭，看著天花板。「誰喜歡我，我不瞭解、無法控制。如果這樣能讓自己活過的事實永遠活在別人心中某一個部份，我也沒什麼損失。」

「嘿對了，你知道我喜歡男的吧？」

「知道啊。」阿真沒多想地回答。

「為什麼？」

「很明顯吧。這種事，看一眼一下子就知道的。和男生說話的方式、聲調、神情，會和對平常其它人會不一樣。」阿真想著世上異女這種生物。

「不介意？」

「也許比較好吧。喜歡誰、她並不會喜歡我，這樣就不用煩惱自己到底是什麼。」

「你這種人也真麻煩呢。」阿蘭繼續說著，像要把故事一次說完。「我和最愛的男生認識好多年了，當我客人認識的，是個上班族。剛認識時，用了些小技倆讓他主動追求我，交往了半年。」

「結果，半年後就和我分手了。大概是終於受不了了吧。從此以後，不論我再怎麼對他死纏爛打、哭鬧著求全，他就是故意不理我、偶爾才和我聯絡，若即若離的。不讓我找的時候，好痛好苦難受，一陣子他又會忽然出現。」

「雖然有時很恨他，有時會想，也許他是對的。他看太多了從小家裡沒父母關愛的少女、長大後拼命在男人身上尋求彌補的那種樣子。不論怎麼填補，寂寞就像無底洞，任性無理取鬧，無法控制自己，也無法真的理解別人。也許他是對的，用拒絕我的方式在愛著我。」

阿蘭說完，身體整個貼過來，要繼續一步的樣子。像帶著歉意和玩鬧似地，阿蘭一面貼著阿真上身，抓著阿真的手，往阿蘭身下伸去，阿真又僵直了起來，不知如何反應。「別緊張。原本這是一般人、要花很多時間才能會的。有人帶比較快。」阿蘭用手指撥開自己陰唇，讓阿真碰觸到阿蘭陰蒂，瞬間阿蘭忍不住閉上眼，不好意思表情。阿蘭抓著阿真手指如何周遭畫圓、游移，按壓，帶阿真如何依著阿蘭反應逐漸持續下去，快感上升。直到阿蘭夾緊雙腳，忍不住指甲刮著阿真的背，一陣顫抖後放鬆下來，急促地喘著氣。第一次看著別人在自己面前高潮，阿真滿臉通紅。

(06)

休假週末，阿蘭和阿真約了晚上八點過去找她。提早結束事情的阿真無事可做，不想在房間，也沒哪兒能去，便到了阿蘭家樓下門口對面的便利店，買了瓶酒坐在店內，看著大面櫥窗外的街景發呆。

約莫七點四十，正在想著阿蘭時，看著對面街口樓下一對人影，仔細一看，是阿蘭和一個男的在講話。那就是阿蘭愛著的男人嗎？是吧，阿蘭講話時的身影，一下激動又一下悲傷，對著男人看的眼神，彷若恨不得自己的一切都歸屬於他。那是阿真從未見過的阿蘭。一會兒，阿蘭微微墊起腳、埋在男人的懷裡哭了起來。男人抱著阿蘭，安撫著阿蘭的頭髮，沉穩不發一語。

隔著玻璃，阿真看著這幕，覺得心裡刺痛。生平第一次這種感覺。

※

裝作無事發生一樣，阿蘭打電話叫阿真上來。

一進屋內，看見阿蘭罕見地拿出櫃子裡的 vodka 和兩個玻璃杯，倒了起來。沉默了一會，「你看見了，對嗎。」阿蘭開口問著。看著阿真沒開口，是看見了。阿蘭想說出口但無法說出。說對不起什麼呢，不是妳故意的嗎。不是妳一面帶著愧疚、一面帶著驕傲感？

和平常一樣的聊著，又和平常有點不一樣。阿蘭的眼角淚痕已擦乾，但仍然帶著剛才的事，情緒幅度比平常更大，開心地說著，又沉下。阿真仍舊刺痛，但無法抗拒心裡想和她更加靠近的念頭，回應著阿蘭的一笑一沉。

杯底飲盡，阿蘭拉著阿真進房入懷。阿蘭比平常更熱切地抓著阿真的手，阿真順著阿蘭心意，專注地在阿蘭脖子、鎖骨、手臂、胸口和乳房撫摸。那是阿蘭教會阿真的手指方式，表達愛的方式，卻哪兒也到達不了。嚙咬乳首時，阿蘭反應比平時更激烈，阿真順著往下小腹以下探，阿蘭一陣緊縮，背弓著貓狀。

不一會兒，打斷動作，阿蘭扶著起身，要阿真躺下，跨坐在阿真身上。調整了阿蘭自己知道的角度，抓著阿真的手摸阿蘭乳房，上位的前後搖晃。阿蘭的長髮散亂，阿真隨著阿蘭的韻動起伏。阿蘭一陣閉眼，感受下腹緊縮，抓著自己另一邊乳房，阿真看著阿蘭迎來自己的高潮。

小潮結束後，阿蘭似稍微清醒，稍微回神地看著阿真，一臉表示歉意的樣子但仍未離身。「你會恨我嗎？」阿真搖搖頭。知道阿蘭想要講的意思，但從何恨起呢，阿蘭無所保留地讓阿真知曉她的一切，除了那個不能說出口的字。

阿蘭離身，拿起床邊的按摩棒和潤滑液，尺寸約是沒過的人也能順利進入的。未會意過來，阿蘭將阿真身體翻身，讓阿真以跪姿，接受阿蘭的施禮。阿蘭先用手指稍微進入，一指、兩指，觀察阿真的反應，一面刺激阿真的背和乳頭一面安撫放鬆。以按摩棒進入、不動也能放鬆後，阿蘭開始前後晃動，一手持續進攻阿真的其它敏感帶。阿真閉眼，想著承受阿蘭希望施加的這一切。

直到阿真高潮後的微微發顫，即使純攻人，阿蘭也滿臉漲紅。阿真望著阿蘭眼中的渴切，撐起身，將阿蘭換作平躺，抬高雙腿。阿蘭心裡的意圖被會意感到開心，仍然不太好意思地享用一切。阿真開始動作，看著阿蘭下意識要的嘴角，隨著反應逐漸加大劇烈，臨界時抓著阿蘭的乳房，迎來阿蘭的二次高潮收縮。

阿蘭高潮後，阿真往前抱著，無聲的哭了起來，淚滴在阿蘭身上。在緊密的陰部貼合與阿蘭傳來的收縮，阿真感覺知道，她仍舊是不愛它的。阿蘭環著阿真的頭安撫，暗地裡感到開心。終於讓眼前這個人為我哭了。這樣，不論將來發生什麼事，這人一定會一直記得我，實現我的一個願望。一定。

(07)

約定還款日，阿真和家裡圍事前往阿蘭住處。

這陣子阿真其實有私下問過阿峰，是否有其它處理方式。老大阿峰說沒辦法，阿蘭以前待的店是敵對勢力的，自作主張會更多麻煩，破壞平衡關係。也真沒辦法的。

大白天的，轎車在公寓停下。車門打開，正準備走出時，忽然聽到不遠處一聲碰聲音，四周瞬時安靜。眾人稍回過神，聽聲音來源判斷，似乎正在這戶公寓樓上。

眾人連忙上樓查看，阿真跟在後。一到三樓，只見房門大開，阿蘭倒在玄關，血流成泊，開槍人已不知去向。阿真隨即跪坐下來，無法站立。資深圍事大聲喊著：「他媽的 B 咧，XX 幫的小弟到底會不會做事啊，把人殺了是要怎麼收到錢？幹！」，一面打手機和老大阿峰聯絡。

見阿蘭仍有餘力，招了阿真過來，阿真連忙起身靠近，扶起阿蘭的手。

「幫我實現唯一的願望，我想懷那男人的孩子。問阿峰，他會有幫法的……」最後隨著謝謝似的口吻，阿蘭在阿真面前斷了氣。

救護車送走阿蘭後，老大阿峰隨即出現，看著現場阿真的樣子，隱約猜到什麼。從阿真支離破碎的回話中，阿峰大致知道事情前因後果，點上雪茄。「交給我吧。」

※

阿真隨大家回程後，稍事休緩、吃了鎮定藥，現在被帶到一家藏身隱密巷子的婦產科診所。

這段時間，阿蘭已在醫院確認死亡。阿峰用了一些手段，向醫院確認死者無其它等親親屬後，醫院同意遺體由阿峰派人取走；與惹事的 XX 幫約了談判；也向警局局長談，這事由他們之間協調處理，請警局不要介入。警局看多了無家世的人在這行被莫名波及，見怪不怪，也不想浪費警力資源，便答應了由阿峰全權處理。

在阿真身邊是圍事阿竹，幫忙開車。阿竹在阿真耳邊私語，聽說這位是阿峰以前的女人。

過了一會，一名穿著全身白袍的女子從診間走出，長髮夾起，年約四十餘歲，和阿峰差不多歲數，診所目前不對外營業。阿竹鞠躬喊了一聲「阿紅姐，麻煩你了。」女子向阿竹示意，看了阿真一眼，「就是你嗎？」阿真不知所意為何，但反射性地點點頭。

阿紅姐請阿真進來，在看診間坐下，桌上丟了好幾份文件。

「這幾年我可沒有白混哦。這是摩洛哥、美國南部小村、印度等人道問題模糊的邊界地區，發展中的子宮移植手術。這在先進國家是不合法的，有倫理問題，尤其是用在非生理女性身上。但全世界捧著錢拜託幫忙的人絡繹不絕，有些醫師冒著風險協助發展這項技術。」阿紅姐嫌麻煩地，說著必要說明。

「首先從捐贈者或死者身上取下活體的子宮，液態氮冷凍後，準備移植到孕者身上。因為有排斥反應問題，孕者在接受移植到成功分娩前，必須持續吃抗排斥藥物。也需接受雌激素和黃體素治療，模擬懷孕的生理機制。非生理女性，若未施行變性手術，會順便製作簡易的陰道成形術。但為求慎重，屆時還是會使用剖腹產，畢竟和自然懷孕不太一樣，腹腔大小也和原女有差異，懷孕周數可能需要略減一些……。總之，移植成功後，接下來將準備好的人工受精卵植入、成功著床即可。」

「目前全球技術報告，成功率只有六成不到，還有三成的孕者死亡率。即使這樣也願意嗎？」阿真無法一時會意是什麼意思，但想著阿蘭，點點頭。

「阿蘭遺體的子宮和數顆卵子，已經取下冷凍了。剩下取她男朋友的精子，就可以開始了。為方便解釋，可能還是要阿真再跑一趟」阿竹說。

離開前，阿真偷偷問了婦產醫師阿紅姐。「阿紅姐以前和阿峰交往過嗎？」阿紅姐笑了起來，「等成功生下來再告訴你。」

※

阿竹派人聯絡阿蘭的男朋友，約在一家隱蔽隔間的日式料理店。阿真一入座，近距離看著眼前這個男人，身高比阿真高，穿著西裝，性格沉穩的樣子。

「不好意思這樣找你出來。首先，阿蘭過世了。」男人聽到消息，話語化作意思，眼框稍微地抖動了一下。數秒後，喝了一口茶，神態回復原先自若。

「謝謝你們特地過來告訴我。」男人鞠躬道謝。

「阿蘭生前的願望，希望懷你的孩子。我們一切會全權處理，由我們負責養育，費用由我們負擔，小孩長大了也不會跟你有所瓜葛。你願意收下這筆錢，實現阿蘭的遺願嗎？」

男人看著桌上一疊十萬元鈔票，閉眼想了想。最後將鈔票推回。

「你們要生養小孩，也要花不少錢吧，這錢我不收了。用這罐子裝就可以了嗎？」一旁的手下拿著診所的液態氮冷凍盒，將取精罐放在桌上。一會兒後，男人從料理店洗手間走出，小弟接過後，放入冷凍盒內，先回去交給診所的阿紅姐。

離開前，阿蘭的男朋友拍肩叫住了阿真，「你知道阿蘭和我的事嗎？」

「有聽阿蘭說。」阿真回。連親眼都看見了。

「那你討厭我嗎？」繼續問。

「面對阿蘭那　面的是你，我沒有立場說什麼。」

男人臉上帶著想再說些什麼的表情，但沒再多說下去。「一切就拜託你了。」

回到車上，阿真向阿竹道謝。自己看到見血場面有些恍，多虧阿竹鎮定處理。阿竹只淡淡說沒什麼。

「你常看這種場面嗎？」阿真問。

阿竹聽了沒有立刻回答。在回住處前，駛向了人煙少的河岸邊，把車子停下。

「剛出來混的時候，我的兄弟死在我面前。」阿竹點起七星淡。

「他也是個T。我還在念高中時他已經中輟出來混了，嘲笑我是乖學生。畢業後跟他一起逞兇鬥狠，為了證明自己，整天砍殺，掙了一小塊地盤，在混混圈也贏得一些尊敬。」

「結果他玩太大，跑去大尾地盤惹事，人家烙了被他得罪的不同人馬一起堵他。他叫我趕快走，就自己一個人被活活打死了。」阿竹伸出手掌，看著自己手骨。

「加入阿峰這邊後，阿峰常告誡我，只會幹架爭一口氣是沒有意義的，要往上爬，靠的是處理利益衝突的智慧。經過我同期兄弟的事，我也學習各種事，避免自己人再無謂犧牲。只是當我第一次砍人的時候，西瓜刀滑入對方骨頭、連骨帶肉的感覺，到現在都還記得。每年去掃墓時，常想要是他還在，會不會嘲笑我是膽小鬼。」

「不會的。」阿真安慰。雖然這種事自己不太懂。

(08)

移植手術十分順利，受精卵也成功著床，在麻醉後醒來，醫師阿紅姐說。阿真對發生在自己身上的事不太清楚，只知肚子有傷口正在癒合，早晚要吃四次一堆不知名的藥，稱不上難吃，但反覆吞嚥不太好受。下身留了尿道，完全只能坐著小便，阿真不太介意這事，怎麼樣都好。

著床穩定後，除了例行檢查外，有較多時間可以回店裡和宿舍。猜想一定花了老大不少錢，阿真想在完全不能動前多幫些店裡的忙。

一回店裡，大家都聽說了。「這裡單親媽媽、帶小孩來的已經夠多了，現在又要多了一個。」表面上是生氣或抱怨，表情卻是開心的樣子，阿雀姐帶阿真到倉庫，堆滿了各時代小姐留下來的育嬰用品，襪子、奶瓶、學步車，一應俱全。

除了幫忙做事，能回到這裡，阿真還是比較開心的。雌激素上升後，情緒更加起伏。若留在診所，阿紅姐還有其它病患要忙，無暇陪阿真，結果一整天沒人可說話，胡思亂想，想到阿蘭又掉眼淚，不利胎兒發育。這裡平日運作，隨時有著人會陪阿真說話，三餐和補品。

阿真將例行店務行政交接給新人接手之餘，被允許瞭解其它事項。老大除了店面，還有些攤位與店面投資，但資料後來一直沒人繼續整理。

阿紅姐考量安全，還是讓阿真全日待在診所。阿真請人幫忙把資料搬到病床間繼續整理。接近六個月時，胎兒開始擠壓腹部和尾椎，吃東西受到影響，睡覺不能翻身。「對不起哦，只能給你比較小間的家，忍耐一點。」阿紅姐對著肚子裡的胎兒說，又像在安慰阿真。八個半月，阿真已經完全無法下床，間歇陣痛。考量安全和與正常懷胎差異，似乎已到臨界點、也在提早剖腹的安全週數了，胎兒估算重量也應該足夠。阿紅姐決定準備進行手術。移植子宮狀況時屆已到，得用全身麻醉、接生完順帶完成摘除。雖然老大這邊有派小跟班幫忙，但沒有醫療代理人，一切由阿紅姐和阿真決定。

「雖然問了也是白問，萬一意外時，要先救小孩還是先救媽媽？」阿紅姐麻煩地問，想也知道，答案是前者。「好啦，知道了，那開始吧。要麻醉囉，十、九……」

阿真進入沉睡夢鄉。

※

那年，小阿紅十七歲高二，穿著台北市私立貴族女校制服，清湯掛麵。父母安排了排滿行程的補習和家教，行程被控制，唯一自由的時間是早上在家裡附近的公車站牌等公車。

小阿紅經常睡眠惺松的在公車站牌旁，看見旁邊一家早餐店，一排機車停泊門外。一群似是離校已久的中輟生，穿著 T 恤破洞牛仔褲，短髮抓髮蠟，身材比一般男孩子纖細但更加逞勇，身旁點綴幾個化妝誇張的女孩，臉孔似乎經常更換。本來沒怎注意，小阿紅卻漸漸在意著一群哥們之間圍繞的人，爽朗斯文，照顧兄弟的樣子。小阿紅隔著幾公尺，目不轉睛一直看。

父母不只安排了補習，連升學科系也指定好了，T 大醫學系。有次小阿紅從女同學那裡借了租書店的言情小說，在家被父母發現，遭一陣巴掌。凌晨一點複習完功課，睡覺前，小阿紅想著白天看到那群 T 的畫面，想著將貼在老大身邊的女孩子臉孔替換成自己，不小心第一次自慰。

小阿紅爭執減少週末補習時間，又被父母訓斥毆打，連著選填志願科系的不滿，一氣之下，帶著存款和輕便衣物離家出走。隔天早晨，在公車站牌等著，果然那群人又在早餐店聚會聊天。待離開之際，小阿紅忽然向前趨近，挺著胸口盯著老大瞧，「讓我做你女朋友好嗎？」便趨前環抱，老大阿峰熟練地扶著小阿紅的腰部背後。

阿峰身邊並不缺女人，總有不讀書的女孩不斷投懷送抱。阿峰想起這人好像是平時在等公車的，身上穿的制服是好學校的，和他屬於不同世界。「大小姐逃家？」小阿紅看著阿峰，堅定地點點頭。阿峰一副很麻煩的樣子，但也不能放著不管——這爛好人個性從這時就戒不掉吧。阿峰讓小阿紅坐上他的重型機車後坐。

小阿紅發現自己和阿峰身邊的人打扮格格不入，用存款到西門町添置了整批衣服配件，開架藥妝店畫了全框眼線和誇張眼影。阿峰不論去哪，和兄弟聚會、打工、上山下海，都帶小阿紅跟著。阿峰身邊的人都是小阿紅原來生活圈裡不會接觸到的，講話的方式直接有趣。

小阿紅在阿峰住處，除了上床以外（阿峰經常工作太累），幫忙做飯、洗衣，照顧阿峰生活起居。做飯洗衣，帶出去進退得宜，面子十足。阿峰的兄弟開始叫她「嫂子」，虧她和阿峰；偶爾被不太熟的人盯著，也有阿峰保護。環抱著阿峰的腰，坐在機車後座，奔馳在北海灣的公路上，小阿紅覺得從未如此般自由，跟著阿峰，彷彿世界上哪裡都能到達。

這樣的生活過了三、四個月，阿峰開始覺得不太對。小阿紅晾著衣服時，阿峰說「謝謝，但其實妳可以不用做這個的」，小阿紅說沒關係但阿峰沒在聽。阿峰經常藉故說不回來吃飯。連帶她見朋友、到處被誇「你馬子好正」的次數也不斷減少。小阿紅把家裡廁所都刷得乾淨發亮，無事可做，只好對著牆發呆。

認識第六個月的一天晚上，阿峰終於語重心長地找小阿紅談談。「回去吧，妳不屬於我們這個世界的。」小阿紅聽了眼淚啪地掉下來。那是她最痛的點，花好多心力去努力掩飾，終究隱藏不住嗎。「我派人向妳學校的班導師探聽過了。他說以妳原先成績，考上醫學系不是問題。」

「妳是個好女人，連我的哥們都這麼說。說竟然在路邊撿到好老婆，到底是幾輩子修來的福份。但我說出了我的想法後，我的兄弟也贊同我的決定，說好要陪我喝重回單身酒聚了。」阿峰點起菸。「我的女人不是留在身邊幫我洗衣服的，應該有她更廣大的世界。」

阿峰先花了一小時解釋說服、一小時安撫無理取鬧，小阿紅終於默默接受了。那晚，兩人做了整晚八小時的愛，用盡所有方式，小阿紅胸口滿滿吻痕、阿峰背部被抓得滿是血痕。

早上，阿峰並沒有送別，小阿紅獨自離開住所，回到她原來屬於的世界。從此再也沒有聯絡。一年後，依約定考取了醫學系，選組、畢業、實習、住院、正式，最後離開醫院，自行開立了婦產科診所。

十幾年後，阿紅忽然接到一通電話，「喂阿紅，這裡有個未成年懷孕的，沒人能簽同意，妳那邊能幫忙拿嗎？」

阿真睜開眼，第一眼望見某個人的雙眼正在凝視著自己。稍微恢復意識，阿紅姐在病床旁整身靠著、用自己額頭緊貼著阿真額頭。

「啊你醒了。」阿紅姐抱著阿真的頭，鬆手離開恢復距離。

「那個……」阿真正在恢復意識，下身無法動彈。「為什麼妳的『那個』比阿峰的要那麼清楚？」方才一幕幕場景，好像親身經歷一樣。

「要傳遞給你的啊。你的事我也都知道了。」阿紅姐無所謂地回答。

「兩人相愛卻無法在一起，不會感到難過嗎？」阿真追著問。

「人生經常是分開了就分開了。大家都有各自生活。阿峰也有現在的女人要照顧不是嗎？」阿紅姐拿起桌上馬克杯的咖啡，按壓太陽穴，消除剛完成手術的疲勞。「而且，還是以某種方式被需要。」

「哦對了，孩子平安無事，呼吸和心跳都沒問題。

只是還需要待在保溫箱一陣子，把體重養足。」一起忽然想起似的。「抱歉哩，已經有好多護士抱過了，你不是第一個抱的。而且剛才門外有個……你同事叫阿雀？說什麼也要先抱，還流淚了，像她生的似的。」

阿真躺在病床看著由護士抱起、圍著毛巾的小嬰兒，正在沉睡著。嬰兒的側臉圓潤，像極了阿蘭，以及她的男朋友。

(09)

小小蘭出生後，一聽到哭聲，阿真的心就像擰布般糾結，馬上回應小孩無理需求。看著抱在懷中看著小孩側臉，阿真感到無比幸福。

小孩明明是與自己分開的獨立個體、只是從自己身體生下而已，為什麼會如此呢？以前並不會感覺到這些的。

找阿紅姐聊天，她說懷孕的人身上會產生一種催產素，對肌膚、聽覺更敏感，為了使媽媽和嬰兒產生緊密連結，回應嬰兒哭聲。哺乳時母親忍受身體不適，心情平靜心甘情願。這物質原本只知道和促使子宮收縮有關。後來發現和同情心、富有情感和促使女性交媾慾望也有關連。「以前科學家對母老鼠實驗注射，結果老鼠擺出屁股抬高的性交姿勢。」

「是生理讓我們有母愛的幻覺？女人一輩子只是被生育制約的機器嗎？」阿真聽了有點生氣，想起阿蘭在她男朋友懷裡的表情；一面又想起和阿真在同一條被子裡時的模樣。「是吧。人是理智的動物，但終其一生又受著生物本能的劇烈影響，男女有別。」阿紅姐不帶好惡地說著。也和她為什麼喜歡 T 有關嗎？

小小蘭兩歲了，搖晃學步牙牙學語，在遊樂間晃來晃去。阿芳的孩子年長小小蘭兩歲，一欺負小小蘭，就被阿芳訓斥，但也不是認真教訓的意思，整身抱起，貼在阿芳的胸前，「你的手臂不夠粗啦，很快就會抱不動小孩了哦」阿芳一面喊著。阿真一路跟在小小蘭後面收拾弄亂的雜物和大小便，小姐、公關路過就捏了捏小小蘭的臉，陪小小蘭學說話。

有次營業時間，被客人發現阿芳坐過的地方有經血血跡，一時人手不夠，叫阿真去便利商店應急。生平第一次替誰買衛生棉，雖然這輩子沒流過血的人沒資格說什麼，但一般人從小對這件事總是被教育得無時無刻緊張，像阿芳這麼少根筋的實在很少見。回到休息室，阿芳更換完棉片和免洗內褲後，忽然拉著阿真坐下，開始各種好奇探問，從「所以小小蘭是你替別家店的小姐生的？」到「你覺得自己是什麼」「為什麼不把胸部做大一點」。一般人再怎樣也不會在大庭廣眾下問別人私事，阿芳就是這樣心血來潮的人。一陣應付後，阿芳忽然靠近緊貼著阿真臉頰，下一秒又跑走，找其它人玩耍去了，讓人摸不著頭緒。阿芳的可愛總令任何人忍不住關愛、親近或對她好，但又隨即被緊隨而來的行為所打斷，直到完全氣消再忍不住地又原諒她。也許有點理解阿峰留她在身邊的理由。

出生登記是個問題。為了避免糾紛，移植手術和陰道手術一完成，阿紅姐就開了證明，要阿真先去做變更登記性別了。阿紅姐問，能否借個人掛名做孩子法律上的親權母親？擔心被人懷疑變更性別者竟能生孩子，醫師會被撤銷執照。唯一可能的是阿雀姐，但除了往後親權母親都要改由她出面、麻煩以外，阿雀姐還是希望是由實際主要照顧者阿真本人。討論了幾輪，好吧，賭戶政人員登記時會不會當下發現這件事，若沒事，以後有事再說。最壞阿紅姐也認識律師，走一步算一步。「摘下來的子宮呢？」「火化以後，放回阿蘭的骨灰譚。」

小小蘭狀況穩定後，阿竹拿了一紙箱交給阿真，是阿蘭租屋處的遺物。在外的人沒多少身外之物，除了衣物、化妝保養品等雜物以外，最上層放了阿蘭與她男朋友某次外出的開心合照。阿真盯著照片瞧，默默放回箱內。等小小蘭長大了，再好好告訴小孩。忽然感到很寂寞很寂寞到再也無法忍受時，敲了阿雀姐房門，「又想阿蘭了？」在阿雀姐身邊哭，接受著她的安慰。最喜歡阿雀姐了，無關乎愛慾又最瞭解阿真的喜歡。

有些人，一生只能愛一個人。有次孩子們在休息室裡睡著，阿真陪在旁，一個約莫同齡的兼職小姐也許是單純昨天熬夜（也許這行叫熬日）沒睡足，在等檯的空檔沒多說什麼地靠了過來。阿真只好一面顧著蓋小棉被的孩子們，一面借這個不太熟的女人膝枕睡覺。四十分鐘後，只說了「謝謝」就離開了，也許是熟客約定時間來了。前後沒有任何交集，疏遠、暫時親匿的自然。穩定的生活，無所不缺，再也沒遇到能像阿蘭一樣令阿真愛上或深入交往的對象。

住院時的一幕幕如快速影像，任由醫師阿紅姐安排，當下沒時間多想。哄小小蘭入睡，才忽然想著，懷小孩的感覺到底是什麼呢？沒有真實感。問著帶過小孩的小姐，只被一付「問這幹嘛」的白眼，養兒育女是再世俗普通不過的事，有空想這事情不如為明天賺錢。也對，多半只有文藝女青年才會對這事大作春秋。一個不是自己的生命在自己體內，隨著切身的胎動、孕吐和荷爾蒙變化；但卻是來自不是自己的另外兩人，自己始終無法取代阿蘭。如果可以，阿蘭會告訴自己小孩什麼話呢？女兒長大時，怎麼告誡她男孩子是什麼樣的生物、愛情對女孩子很危險，千萬不要像自己年輕時那樣。

阿真不知道自己活著的生命是什麼。十二歲『那次事件』後，阿真沒有別人和自我的分界。總在身旁每個女性身上看見那個『女巫』的影子，裡面含有部份的自己。自此之後，走在路上，總是別人但沒有自己的解離當中，活著等於悲慘。在櫥窗反射看著自己，不論被叫男、叫女，總仍沒有此刻在這裡的實感，像透明。上大學自已住宿後，把自己打扮成十二歲時『女巫』當時的樣子，看著全身鏡中的自己，哭了起來，自己始終是又不是，無法消除的距離。不知道自己到底是什麼。關於自己是男，沒有任何實感，只是知性上理解接受著自有意識以來被周遭父母的告知分配；關於自己是女，又有一種被喚了名字但總遲疑半拍。每當看著眼前別的女性，總有著消除距離的錯覺，總要下一秒才意識到自己與對象的間隔。於是，便像活在一直快摔倒，永遠下一步就要踩空階梯的幻覺。總是將身邊的女性形像先是誤認為自己，下一秒才意識到正在誤認。始終在誤認，以為誤認是遮敝真正的自己；抽掉一切，最終發現，誤認是自己的本質。

阿真半夜找著阿紅姐，講著這些，畢竟是唯二曾接觸過『我』的意識的人。阿紅姐抱怨著她是婦產科醫師，不是臨床心理師。「別以為只有你很奇怪。『一般人』在某些方面或時候，也可能跟你一樣狀態，只是不一定在同樣點上。」阿紅姐關燈收拾，示意準備趕人。「而且，一般人又知道真正的自己嗎？」

無處可去，自老大阿峰『面試』以後，被這裡一切周遭人事物拉著轉，稍微忘了關心自己到底是什麼。愛上阿蘭以後，阿蘭展示給我的一切，至今彷若隨時浮現，真切存在，又像從手中流掉的沙。阿芳對誰都天真爛漫，阿雀姐善解人意，阿竹對誰始終保持客氣，新來的叫我阿真姐，阿芳的小孩喚我阿姨，小小蘭肚子餓時吵鬧喚著我作媽媽……

性別不是染色體，也不是自己宣稱決定的東西，而是所有曾經旁人染色給我的。自己只是以難以理解的方式關連於周遭，所有一切在身上經過流走，什麼都沒留下，卻仍然留下經過這一切的我。

「媽媽？」小小蘭看著沉吟發呆的阿真，露出困惑的小巧臉龐。思緒被中斷，看著可愛的小小蘭，阿真笑了起來，把小小蘭抱起入懷。

(10)

小小蘭五歲了，上幼稚園。阿芳的小孩已經開始上小學。

阿真整理完所有老大阿峰的資產配置，和阿竹討論著。阿竹手下有些人，想從陪侍或酒吧業轉行，改做餐飲、網拍、民宿等獨自創業。阿真一面協助選址，貸款買下有潛力的地段店面，引導各創業人報名就業培訓課程，幫忙處理營利登記、供應商和投報規劃。連同地段周邊打點，待商圈聚集、店面上漲後，賣掉持有店面後的增額資金，部份轉給開業資金，部份留為阿峰所持有的再投資額度。幾經運作，曾在阿峰底下待過的，已在各地各行開支散葉。有房仲保險的、有民宿的、有餐飲的、有水電的，有需要時還可相互技術支援。

有個台北市前幾志願高中的T，畢業當天穿著制服跑來阿峰這裡應徵。阿峰很訝異，不請自來的T說，傳聞聽說這裡比念大學或職訓局發展更好，還能圈內聯誼。阿峰一付很忙地把人請出去，沒空收留這麼多人。

是啊，現在外面哪還有直聘小姐、讓人生孩子的人情味公司了。沒全部通通轉約聘派遣、逼辭退就良心不錯了。簡直是幸福企業。

然後，阿竹忽然宣佈要結婚了。對象是和他歲數相近的店內小姐，似乎是幾年前阿竹從其它經紀挖角來的，還登門拜訪去對方地盤帶著禮金談條件。聽說職場戀情是大忌，但這麼多年，竟瞞過所有人，連眼尖的阿雀姐也沒發現。租了同業的五十人大型包廂舉辦婚禮，帶著小孩來參加。在這一行看多了，沒什麼事情是永久的；但兩人都是令人佩服的成熟大人，萬一怎樣也會用成熟的方式處理吧。

一天，阿峰請阿真進辦公室。自從來到這裡，兩人一直很少有機會深談。一進入內，桌上擺著裝三十萬現金的信封。「不是不想留你，你所做的早已超出這裡了，可以去其它更有前途發展的地方。」阿峰抽著菸，背對著阿真，看著牆上掛著上任老大的照片。「收下吧，你做的值得領這些。」

阿真看著信封袋，閉起眼睛，這裡曾經發生的人事物在腦中迴響。睜開眼，阿真磕跪著，「我喜歡這裡一切。如果可以，我只想繼續留在這裡。」

※

小小蘭說著，老師說下週要畫「我的家庭」，上台和大家分享。阿真「啊」的一聲，抱著小小蘭在懷中，一面阿真口敘著故事，一面小小蘭拿畫紙和蠟筆，塗鴉地亂畫著。

「有一天媽媽來到這裡，阿峰伯伯照顧著這裡大家。阿芳阿姨是阿峰的老婆，阿雀姐是媽媽的朋友，阿竹叔叔保護大家。後來媽媽遇到妳的另一個媽媽阿蘭。阿蘭告訴媽媽說，她愛著她的男朋友，男朋友沒接受她但心理愛著她。然後阿蘭媽媽意外過世了，醫生阿紅阿姨像變魔術一樣，用阿蘭媽媽和男朋友的愛，讓阿真媽媽生下妳……」

有點太考驗小孩的理解能力，阿真共用了三張圖畫紙幫忙打草圖，讓小小蘭描邊著色。小小蘭用蠟筆用力的塗著，畫紙忽然被後方的水沾濕，轉身右手撫摸阿真的臉龐。

（完）

作者跋

你想在床上耍廢一整天嗎？
對不起我沒能參加你的聚會
去和你朋友說我仍然是個女性主義者

--Le Tigre, "Much Finer",
Feminist Sweepstakes (2001)

關於以有性別的方式活著，用法律或社會運動無法觸及，也無法說理傳達。只好搭建故事，對話的不可能之唉呀又搞砸了。

台灣文化市場充斥歐美產品，來自台灣的書寫也一直未獲足夠重視。相較同志著眼愛慾關係而鍾情小說，「自傳」一直是跨性別書寫傳統的主要文類，關於自我及外在正當性。但麻雀變鳳凰、重獲新生的母題，也給人跨性別總只關心自己的唯我印象。人始終先是活在與不同他人交涉的世界中，並且相互影響。我試圖描述某個有性別和慾望的人，如何與他人共存活著的切面片段。

自從我大學選填哲學系，愈加偏往論述的風格，離曾經「文藝青年」或創作這件事愈加遙遠。開始使用荷爾蒙治療後，情感化讓文感有些微妙轉變；沒寫完的碩論掉進字裡泥淖裡，跑去寫政策又讓文字跳回淺白、直接。發呆與工作幾年，隨著年紀增長，幾篇故事大綱擱在心裡好幾年，對青春期時代課題也有著不同的理解角度。鼓起勇氣寫出來，身旁友人和網路陌生路人觀眾隨手看了也會覺得入戲有趣，感念自己還有創造虛構故事的能力。

書名《這邊不好玩就到那邊去玩》

原名是想「女同性戀這邊不好玩就到異性戀那邊去玩」，但似乎太過針對造反。不斷表達這樣想法：跨性別或 LGBT 這件事，與異性戀世界一直有著交織關係，即使在女同性戀裡也有著異性戀文化，卻不斷被排斥出去。大概是想勾連「跨性別」與「女同性戀」「異性戀」三者間的交錯關係。舉一反三，當跨性別也不好玩時，揣摩「一般人」是如何地一般，反而比較好玩。

另一個意思，世界上所有受社會認可的成就系統（學術、社運或文學等），不免都有其規則，用勞務或服從規則通過門檻以換取資格。於是，總有一些人或生活方式，總在這裡玩玩又跑那裡去，一無成就。BGM 徐若瑄〈半調子的歌〉。

作為七年級中段，本書也呈現了各種大眾藝文的涵養：1990 年代末女歌手、創作歌手和獨立音樂，BBS 網路小說時代、介於文學和租書店之間的都會愛情出版品、日本動漫等，反映了由「我」青春期以來奇怪方式建構的性別世界觀。本書採用橫排，也是對早期網路時代的緬懷。

〈配偶欄的幸福〉

雖然我並不是喜歡男人的純然異性戀，但一直對異性戀文化的喜怒哀愁深深吸引。LGBT 裡也存在著異性戀文化元素，從沒人把異性戀當作一回事。靈感發想自異性戀跨女的萬年老梗都市傳說，永遠在和正室原女對質的經典場面。直到某次在 PTT 女性性板匿名文，看到原女妻子訴說自己老公一直找三性上床，自卑是不是自己要 man 一點、還是用假陽具，試圖挽回丈夫專一。原來才知道，在（不）被愛與自我懷疑上，大家是公平的。BGM 何欣穗〈諷刺〉。即使和一般人生命階段經歷有所不同，不同人之間仍是會以某種方式產生關連。再加上對三角關係、共依存或背德的個人偏愛，編成了這故事。採用更偏向通俗劇，關於慾望、愛情與自我。

〈拉拉公園〉

從多年前的筆記謄出來，稍加重寫與新加。類寓言體。前半部類似精神分析的原初場景，原初創傷、依賴與分離焦慮，類似想像的戲劇治療。後半是政治諷喻，社群的法西斯。與其說他們是壞人、我們和他們無關，不如說，出於象徵、進步或安全感類似理由，經常他們就是我們。隨著年齡增長，想法也有所轉變。前半部原先放大了依附者情緒，但塑造了聖女化、無需求而非人的照顧者理想，改為較多照顧者視角；後半部邊緣情誼，但一群神經病會自然地相親相愛，恐怕也是浪漫幻想。至於是否真的接受主角 .. 誰知道呢？

〈女學生之死〉

對「跨性別主義」、「激進女性主義女同性戀主義*」、「排除跨性別的激進女性主義」幾組問題的回答。活在台灣，我想，大多平常周遭，是沒有人在整天主義來去的。本篇企圖重寫台灣女性主義—女研社—女書店等集合體，不斷被反覆再銘寫的實際與象徵（不勝枚舉，僅舉一例，比如張亦絢《最好的時光》）。在那裡，總是有某些事物以被排除的方式存在，以不在場的方式在場。也反映了我對組織或社會運動的基本想法，援引自希臘悲劇、班雅明到虛淵玄《Fate/Zero》，目的與手段的顛倒。小時候腦中存在迴旋踢大姐姐的奇怪形像，長大後重看才確認是來自曾在衛視中文台播出《澄路》的鯰川圓。也許容易被誤解，比起處理崇高偉大的事，只想描寫一段兩個人之間。有時活著外在世界怎樣其實一點也無所謂，"祈禱並冥想妳保有的小小世界"。（引自薄荷葉樂團）

〈狐狸鏡子〉

許多性少數總是以被社會迫害的形像呈現，想寫一篇以「傷害人」為核心的故事。一個對性少數很毛球的問題：你寧願以被否定的方式要好，還是以被肯定的方式討厭？當某個很要好的人就是用不是你理解自己的方式來對看待你、而且怎麼都轉不過來，你還會繼續維持友誼嗎？什麼是「真正的女生」，當你知道月亮另一面時，你還會慾望或憧憬嗎？一般人又是如何看待、與性少數方相處？描述兩端之間相互映照的故事。本篇用了更多「說」而非「演」，犯了小說大忌，但比較貼近作者自然口吻。原女方心理聲音和篇幅更多，也幾乎壓過了性少數方，大概也和作者微妙狀態有關。

〈染色〉

原型的想法，一直想寫一個把未婚懷孕青少女、黑道江湖踢、異女酒店女、不孕症、醫療技術與跨性別等事情放在一起的故事。題材部份致敬：1988 年一則永和中輟幫派 T 的報導；2012 年女同情感糾紛多人虐傷致死案（以及 2020 年 5 月疫情期間的北捷拒戴口罩事件）*；情節部份受到以下影響：みづき水脈《酒店女郎 18 歲》、飯島愛《柏拉圖式性愛》、李性蓁《狂野百合》、王蘭芬在成大貓咪樂園的網小《圖書館的女孩》等。一點寫實的企圖也沒有，像國中女生上課寫塗鴉。也想寫個沒那麼典型的跨性別。重寫女同或 LGBT 這件事，從不斷重複的菁英形像以外，召喚一個想像的空間。

"不舒服"

小說裡描繪了各種性場面，有意為之。有和男人的、和女人的、被動的、主動的、與自己的。儘管都是已用文字稍加美化或情感化推進，如果讀者對想像中的性徵形像衝突，感到不舒服——這再正常不過了。跨性別的性就是活在這樣的社會現實中，不只別人不舒服，往往連跨性別自己即使經過很長時間、也難以完全接受自己的衝突。那裡含混著快感、自我投射、排斥、反感等各種矛盾複雜情緒——暫且用「噁心」這字眼形容。三性的身體，無論和誰做都是噁心，被關係的人連帶有著無法定位自己性癖是什麼的噁心；但世俗再平常不過的一般人第一次當陰莖遇見陰道，是否也曾有或保有這種滑溜、難以形容的複雜感覺？和單一伴侶進行，純愛抵消了噁心；約砲無數的為什麼總讓人心底覺得髒？我不認為某些性解放主張性侵就像跌倒、約砲就像球友的去特殊化；有關世界、他人與自己的活著方式，不論再稀奇古怪的性快感方式都是存有論的。性是隱喻或折射般的病症、也是看見真實自己、與自己的對話方式。

標籤、文類與外在

我也希望本書不會又被塞進冠上「性別」「同志」或「跨性別」身份類別標籤的文學、做著沒有比谷阿莫（在此沒有不敬之意，其作為創造一種評論風格之先河）更多以外的事。

過往故事中的跨性別角色，大多是客串跑龍套、或是作為主角的投射對象（例如吳繼文《天河撩亂》），而非將跨性別角色作為主要敘事視點。總是壓倒性的呈現了主流（包括性平、同志）如何看待我們（排斥也罷、幫忙說話也罷），卻非我們又是如何看待一般人。

明顯可見，本書故事皆以類似跨性女（似類女性位置的原生男性）作為越肩第三人稱視點、或與一般人做雙視點互相切換。但可以無限繼續爭執每個角色是否符合「真正的跨性別」。套上身份標籤，腦中便無法擺脫關於什麼是、什麼不是的定義，往往錯失了角色在故事中呈現的。本書不延續跨性別「自傳」的傳統，而是試圖更多描述與其它人的相互關係或互換視點。我們總很難看見自己性別性傾向和階級以外的世界。人和人之間理解是很困難的。

沒有 " 純文學 " 的企圖，那也不屬於我的階級的事——瀏覽「台灣、女性或同志」文學史上留名作家學歷家世背景、放進 Pierre Bourdieu 解釋就略知一二。比起只給一小撮學究研究，任何人翻了會覺得有些意思。也難以放入市面上的言情、女同、類動漫百合或 BL 文類。不只是偽娘角色入棚被觀眾翻臉燒書不認人，也未滿足通俗讀者尋求既定心理需求的娛樂性。更文學的事饒了我吧，現今只能像概念小說，分鏡節奏明確傳達核心、省去不必要的描述。

性少少數可以被保護、拯救，但所有人並不樂見它會自己講話、有自己感受；市面上符合「王道」敘事框架的跨性別才會被標本，溢出的部份只能被裁切、隱形。性少少數作品經常面臨一些社會期待，比如完美解決所有人世間的傷、要政治戰鬥姿態又要溫柔婉約、要很文學又要親民、要描述正確現實（某某事並不是這樣）——就讓他們去說吧。有太多因素使各種類跨性別的聲音無法被看見，期待提供更多難以歸類創作得以問世的條件，並獲得相稱的關注、評價。

不免俗地回應外在社會。作者2000年代社群氛圍與個人經歷，以及職場、宿舍、廁所、人際互動等重要社群事件。爭取換證等制度保障、性平教育、政治法律有力人士或形像正面藝人來替跨性別發聲，一直是不同世代的社群主要心聲。原本大家都還是可以坐在同一張桌上吃飯的朋友，每當要爭取權益又要開始大吵架，爭論誰誰誰是不是自己人還是壞形像。有些事也不是主流化即可觸及，灌輸全球標準化的性別知識、但不准講出心裡話。

有人說，跨性女充其只是來自男性身體的色情幻想，無關於任何實際的女性經驗。有人會說，缺乏呈現性別轉變過程所會遭遇的實際社會困難。有人說，過度情慾化跨性別，阻礙了跨性別面對家庭暴力、就學、就業、就醫、公共空間或證件等更迫切實際的生存課題。有人會說，對女權懷有敵意，實際上的女性主義並不是如此（避免誤解，現實中的某大女研社也不是那樣，時空對不上）。有人說，角色遠離了"真的從小自認為女性、厭惡自己器官、真的想手術、與情慾無關"，不是真正的跨性別。某方面說，這些講法我完全贊同。

人們同時繪製著各種知識分類，指揮性別友善社會不久將真正到來的政治綱要，然後指著這個不行那個不對、應該要這樣那樣。有性別地活在世界上，也不是任何教條假定一個唯女性或無性別世界烏托邦，而是活在其中又規則不斷變動。故事總又在過去與未來間不斷指涉現實散射對號入座，但作者已死的反意圖主義，故事就只是故事，角色們總在另一個想像的平行時空，無限地自行演下去。說到底，仍然是來自「我」的創作，無意代表群體或社會運動。

結語前容我回憶一些瑣事。約十餘年前，經常不知所以拿到免費票（看電影不是我的階級習慣的事）看女性影展或院線引入的歐美跨性別主題電影。那幾年，經常在秋季灰濛漆黑台北街頭，悄悄偷看一下這類東西到底在幹嘛、又不想被認出。只記得，每次放映散場後，在外頭街道，經常看到幾組彼此認識的朋友趁觀影餘溫、激烈地討論著剛才的電影內容。我也並不想去揣想。有時覺得，為了消除忍受的這些、有義務要公開地談論它；偶爾又覺得，有些事也許就留在電影散場般的私下吧。

感謝所有讀過各篇早先版本的私人朋友與陌生網友，以及被糾纏兩難、沒有下文的人事物。感謝我私心欣賞的藝人張承喜慷慨賜稿。感謝宛渝手繪的美麗封面，耐心反覆修改難搞甲方需求，以及閱讀故事後畫下的插畫酷卡。一直對美術系懷抱敬意。最後感謝"睡在同一張床的室友"，忍受作者寫作時的各種發神經，是我的劍鞘。

* 註

a. 有關 radical feminism 的中譯，市面上網路論戰，現今較多譯為「基進」，取其根基（root）、基礎，哲學上基要主義(fundamentalism）之意。但我偏愛同時另一意，徹底。徹底的人總是被華人溫良社會討厭，表達我對 1970 年代美國草根文化的敬意。有人認為用激進是醜化、汙名化女性主義……就讓他去吧。

b. 前一本書《台灣跨性別前史》92 頁一個註腳：一般論者皆將 1990 年成立的「我們之間」視作台灣首個同志團體，其作為早期重要的隱蔽社交網絡，並創辦刊物《女朋友》（1994-2001），網絡以都會菁英學生和大專教育以上社會人士為主。然而，我欲提出一個「另類」觀點。1988 年 5 月 6 日《聯合報》報導，北縣永和一群女同性戀傾向的國中女生和失學少女組成幫派「H」（為 homo 之意），勒索同學，也「平常聚在一起或吸膠、服迷幻藥，或互相溫存」。幫派老大是一名男性打扮的陳姓女子，遭警拘留後有許多也打扮像男孩子的女性前往探望。我認為，一方面表明台灣 1980 年代中期校園的也開始出現性 / 別鬆動與多樣化；一方面這是偏離升學體系的女同性戀生活世界普遍寫照，但以菁英為主的「同志團體」幾乎啞然失語，尤其對於該世界所充斥的不文化與非法事物。「H」是否能被視作比「我們之間」更早的台灣第一個女同性戀組織，其亦有自主互助的人際網絡？

c. 見拙作〈重訪 2012 年女同多人虐傷案：女同志運動的再現不對稱〉，方格子，2020 年 2 月。

d. 見拙作〈壞形象的 T 沒人幫腔：515 北捷拒戴口罩事件〉，方格子，2020 年 6 月 。

這邊不好玩就到那邊去玩

作者｜陳薇真

出版｜陳薇真
校對｜陳薇真

設計｜雪情、陳薇真

封面繪圖｜陳宛渝

gqelyhp@gmail.com

印刷｜中原造像股份有限公司

經銷｜白象文化事業有限公司

401 台中市東區和平街 228 巷 44 號
電話 (04)2220-8589
傳真 (04-2220-8505

ISBN ｜ 9789574383450

建議售價｜新台幣 330 元

初版一刷｜ 2020 年 12 月

國家圖書館出版品預行編目資料

這邊不好玩就到那邊去玩／陳薇真著；-- 初版 .-- 臺北市：陳薇真 .
2020.12
248 面；14.8*21 公分
ISBN 978-957-43-8345-0(平裝)

863.57　　　　109019106

1. 跨性別 2. 女同性戀 3. 異性戀

建議分類｜華文創作、性別研究